Tucholsky Wagner Zola Scott Sydow Freud Schlegel
Turgenev Wallace Fonatne
Twain Walther von der Vogelweide Fouqué Friedrich II. von Preußen
Weber Freiligrath
Fechner Weiße Rose von Fallersleben Kant Ernst Frey
Fichte Richthofen Frommel
Engels Fielding Hölderlin
Fehrs Faber Flaubert Eichendorff Tacitus Dumas
Eliasberg Ebner Eschenbach
Feuerbach Maximilian I. von Habsburg Fock Zweig
Ewald Eliot Vergil
Goethe Elisabeth von Österreich London
Mendelssohn Balzac Shakespeare Dostojewski Ganghofer
Trackl Lichtenberg Rathenau Doyle Gjellerup
Stevenson Hambruch
Mommsen Tolstoi Lenz Droste-Hülshoff
Thoma Hanrieder
Dach von Arnim Hägele Hauff Humboldt
Reuter Verne
Karrillon Rousseau Hagen Hauptmann Gautier
Garschin
Damaschke Defoe Hebbel Baudelaire
Descartes
Hegel Kussmaul Herder
Wolfram von Eschenbach Schopenhauer
Darwin Dickens Rilke George
Bronner Melville Grimm Jerome
Campe Horváth Aristoteles Bebel Proust
Bismarck Vigny Barlach Voltaire Federer Herodot
Gengenbach Heine
Storm Casanova Tersteegen Grillparzer Georgy
Lessing Gilm
Chamberlain Langbein Gryphius
Brentano Lafontaine
Strachwitz Claudius Schiller Kralik Iffland Sokrates
Katharina II. von Rußland Bellamy Schilling
Gerstäcker Raabe Gibbon Tschechow
Löns Hesse Hoffmann Gogol Wilde Vulpius
Luther Heym Hofmannsthal Gleim
Roth Klee Hölty Morgenstern Goedicke
Luxemburg Heyse Klopstock Puschkin Kleist
La Roche Homer Mörike Musil
Machiavelli Horaz
Navarra Aurel Musset Kierkegaard Kraft Kraus
Nestroy Marie de France Lamprecht Kind Kirchhoff Hugo Moltke
Laotse Ipsen Liebknecht
Nietzsche Nansen Ringelnatz
Marx Lassalle Gorki Klett
von Ossietzky May Leibniz Irving
vom Stein Lawrence
Petalozzi Knigge
Platon Pückler Michelangelo Kafka
Sachs Poe Kock
Liebermann Korolenko
de Sade Praetorius Mistral Zetkin

Der Verlag tredition aus Hamburg veröffentlicht in der Reihe **TREDITION CLASSICS**
Werke aus mehr als zwei Jahrtausenden. Diese waren zu einem Großteil vergriffen
oder nur noch antiquarisch erhältlich.

Symbolfigur für **TREDITION CLASSICS** ist Johannes Gutenberg (1400 — 1468),
der Erfinder des Buchdrucks mit Metalllettern und der Druckerpresse.

Mit der Buchreihe **TREDITION CLASSICS** verfolgt tredition das Ziel, tausende
Klassiker der Weltliteratur verschiedener Sprachen wieder als gedruckte Bücher
aufzulegen – und das weltweit!

Die Buchreihe dient zur Bewahrung der Literatur und Förderung der Kultur.
Sie trägt so dazu bei, dass viele tausend Werke nicht in Vergessenheit geraten.

Die Geschichte von den Haimonskindern

Ludwig Tieck

Impressum

Autor: Ludwig Tieck
Umschlagkonzept: toepferschumann, Berlin

Verlag: tredition GmbH, Hamburg
ISBN: 978-3-8424-1259-0
Printed in Germany

Text der Originalausgabe

Ludwig Tieck

Die Geschichte von den Haimonskindern

in zwanzig altfränkischen Bildern

Kurze Vorerinnerung

Lieber Leser,

Ich weiß nicht, ob dein Gemüt zuweilen so gestimmt ist, daß du dich gern und willig in die Zeit deiner Kindheit zurückversetzest, dich aller damaligen Eindrücke erinnerst, und ohne Bedauern vergissest, was du seitdem gelernt und erfahren hast. Es gewährt einen eignen sonderbaren Genuß, dein Jahrhundert und die Gegenstände um dich her aus dem Gedächtnisse zu verlieren. Du bist vielleicht irgendeinmal krank gewesen, geliebter Leser, oder hast dich einige Stunden hindurch in einer unvermuteten Einsamkeit befunden; von allen Zerstreuungen verlassen, kann man dann zuweilen an alten wunderlichen Zeichnungen oder Holzstichen ein Vergnügen finden und sich in ihnen verlieren; man betrachtet dann wohl aufmerksam ein unzusammenhängendes und fast unverständiges Bild, wo vorn eine Ratsversammlung im königlichen Palaste sitzt und man hinten das Meer mit Schiffen und Wolken, ohne alle perspektivische Kunst, wahrnimmt. Möchtest du doch, o mein Lieber, ein solches und kein andres Vergnügen in gegenwärtigen altfränkischen Bildern erwarten, die wir dir jetzt vor die Augen führen wollen. – Lebe wohl! –

Erstes Bild

Die Pracht des Königs Karl.

Um Pfingsten hielt König Karl, dem man den Zunamen des Großen beigelegt hat, gewöhnlich in Paris ein großes Fest. Allda erschienen alle Herren, Baronen und Fürsten, und goldne und silberne Geschirre standen auf den Tafeln, und eine schöne Musik klang durch die Gemächer. Es war bei diesem Feste alles versammelt, was man nur Prächtiges sehn mochte.

Der König saß in allem seinem Schmuck, mit seiner glänzenden Krone am Tische, um ihn her seine Freunde, die Ritterschaft und die Damen, junge Edelleute warteten auf, damit es nirgends, weder an Speise noch an Trank, fehlen möchte.

Bei diesem Feste war auch Haimon, Graf von Dordone, gegenwärtig, ein angesehener und tapferer Rittersmann, der in allem Kriegswesen überaus erfahren war, so daß auch jedermann Achtung vor ihm hatte. Mit ihm war zugleich da sein Schwestersohn Hugo, ein Jüngling von schönem Angesicht und langen goldgelben Haaren. Dieser näherte sich mit freundlichem und ehrerbietigen Anstande dem Könige, und sagte ihm, daß der Graf Haimon auch gegenwärtig sei; er erinnerte ihn, daß der Graf der einzige wäre, der keine Wohltat von Seiner Majestät genossen hätte, er möchte ihn wenigstens mit den Gütern wiederbelehnen, die dem Grafen gehörten, und die er ihm aus Ungnade entzogen hätte.

Über diese Anrede ward König Karl sehr ergrimmt; er antwortete: daß er dem Grafen Haimon nie in etwas willfahren wolle. Hugo sagte hierauf sehr ernsthaft, daß jedes redliche Gemüt das Betragen des Königs tadeln müsse. Kaum hatte er diese Worte ausgesprochen, so sprang Karl auf, zog sein Schwert und hieb den Jüngling nieder, daß er sogleich tot blieb. Alles geriet in die größte Verwirrung, Ritter und Edle sprangen auf, die Tische fielen über den Haufen, die Musik verstummte, und die Spielleute entflohen, kurz, aus der größten Freude entstand plötzlich die größte Traurigkeit.

Zweites Bild

Krieg; endlich wird Friede geschlossen.

Der Graf Haimon verließ sogleich mit seinem Anhange die Stadt; er bot alle seine Freunde auf und überfiel das Land, um den Tod seines Vetters Hugo zu rächen. Da war groß Rauben und Morden allenthalben; da sah man verwüstete Dörfer und geplünderte Klöster, die Leichen der Erschlagenen lagen auf den Heerstraßen, denn Haimon war in gewaltiger Wut entbrannt. Karl stellte sich dem Feinde entgegen, aber sein Volk mußte immer der Tapferkeit des Grafen weichen.

Karl versammelte seinen Rat und verbannte den Grafen im zornigem Mute aus seinem Lande, so daß er aller seiner Güter und Titel verlustig war und gleich einem armen Flüchtlinge umherirrte. Dadurch wurden Haimon und seine Freunde nur noch mehr aufgebracht, sie verbrannten und verheerten das Land noch ärger als zuvor, sie raubten alles Gold und Silber das sie fanden, und streuten allenthalben das Elend des Krieges aus. Malegys, ein Vetter Haimons, tat besonders großen Schaden, denn er war in der schwarzen Kunst ein wohlerfahrner Mann. Dieser Krieg währte sieben Jahre, und die Einwohner des Landes kamen endlich demütig zum König Karl und baten ihn, daß er mit dem furchtbaren Haimon einen Frieden schließen möchte. Karl war anfangs über diese Vorstellung unwillig, schickte aber doch Gesandten mit freundlichem Anerbieten an seinen Feind, denn er sah selbst ein, daß ihm ein solcher Krieg sein Land verderbe. Haimon, der jetzt im Vorteile war, wollte von keinem Frieden hören, aber Karl schickte eine zweite Gesandtschaft, und ließ ihm sogar seine Schwester Aja zur Gemahlin anbieten, wenn er sich versöhnen wolle. Hierauf ging Haimon den Vertrag ein und der Friede ward geschlossen.

Drittes Bild

Karlmann soll zum Könige gekrönt werden.

Haimon führte nun seine Braut in die Kirche, wo sie eingesegnet wurden. Roland begleitete sie dorthin. Das hochzeitliche Mahl sollte eingenommen werden, und Haimon bat König Karl, bei ihm zu bleiben; dieser aber brach schnell wieder auf, und zog nach Paris zurück. Haimon ward ergrimmt, und zog nach seinem Schlosse, wo er mit seinen Freunden die Hochzeit in vierzig Tagen und vierzig Nächten aufs prächtigste feierte. Haimon hatte immer noch die abschlägliche Antwort des Königs im Sinne, und als er mit seiner Gemahlin das Bette besteigen wollte, zog er sein Schwert und schwur darauf, den Tod Hugos an allen Nachkommen Karls zu rächen. Seine Hausfrau Aja erschrak, denn sie sah die ernsten und zornigen Gebärden, und fürchtete sehr das Gemüt des Ritters.

Sie ward schwanger, und als sich die Zeit ihrer Entbindung nahte, gedachte sie an Haimons Schwur. Er war grade auswärts in einen Krieg verwickelt. Sie begab sich daher in ein Kloster und gebar einen Sohn, den sie Ritsart nannte, Bischof Turpin und Graf Roland waren die Paten: darnach ließ sie ihn heimlich erziehn.

Haimon kam zurück und seine Gemahlin ward zum zweiten Male schwanger, sie gebar einen zweiten Sohn, Writsart, als Graf Haimon wieder auswärts war. Ebenso geschah es noch einmal, und der Sohn ward Adelhart genannt. Alle diese Kinder wurden heimlich Säugammen übergeben, und nachher wurden sie in einem verborgenen Zimmer des Schlosses erzogen.

Graf Haimon zog von neuem in den Krieg gegen die Ungläubigen, und dieser Krieg dauerte ganzer sieben Jahre. Nach dieser Zeit kam er wieder in sein Vaterland zurück, und hatte sieben tiefe Wunden an seinem tapfern Leibe und dennoch saß er geharnischt mit Helm und Schild zu Pferde, so, als wenn ihm nichts zugestoßen wäre, aber sein Sinn war groß, denn er hatte gesiegt, und brachte eine kostbare Reliquie, die Dornenkrone unsers Heilandes, mit sich. Seine Hausfrau empfing ihn mit großer Freude, beide gingen in das Schlafzimmer und sie gebar nach neun Monaten wieder heimlich einen jungen Sohn, der Reinold getauft wurde. Nun hatte Graf

Haimon vier Söhne, von denen er allen nichts wußte, denn seine Gemahlin fürchtete immer noch, daß er sie diesem Eide gemäß umbringen würde, wenn sie ihm die Sache entdeckte. König Karl hatte auch einen Sohn, namens Karlmann, dieser war mit Reinold von einem Alter und von einer Größe, aber in seinem funfzehnten Jahre wuchs Reinold dergestalt in die Höhe, daß er einen Fuß länger war, als Karlmann. Schon damals war Reinold der größte und stärkste von seinen Brüdern.

König Karl war jetzt ein Greis geworden und gedachte seinem Sohne Karlmann die Krone aufzusetzen. Er berief daher die Vornehmsten des Reichs, samt den zwölf Genossen von Frankreich und dem berühmten Bischofe Turpin. Als alle versammelt waren und eine Stille ausgerufen war, erhob sich König Karl und hielt eine Rede, wie er nun schon alt sei, und das wahre Einsehn in das Reich nicht mehr besitze, er habe daher alle gegenwärtige Herren versammelt, um seinen Sohn, der jung und stark sei, zum König krönen zu lassen. Die Fürsten waren sich dieses Antrags nicht vermutet und wußten daher lange nicht, was sie antworten sollten, bis endlich Turpin, der weise Bischof, aufstand und sagte: »Mein König, es fehlt in dieser Versammlung noch ein Mann, der zu dieser Krönung unentbehrlich ist, denn er ist fast der tapferste Ritter im ganzen Lande.« – »Gewiß meint Ihr«, antwortete Karl, »den Grafen Haimon von Dordone, der mir so großes Leidwesen zugefügt hat, mit Rauben, Brennen und Plündern, aber ich muß es bekennen, er ist ein tapfrer Mann, so daß er fast seinesgleichen nicht hat. Nun, ich will nach ihm schicken, wenn Ihr meint, daß es so besser sei.«

Die Krönung wurde hierauf noch vierzig Tage verschoben, und man beschloß, den Grafen Roland mit einigen andern Herren abzusenden, mit denen der Graf Haimon immer in Frieden und Freundschaft gelebt hatte; denn König Karl traute seinem versöhnten Feinde immer noch nicht, auch wußte er es wohl, wie übel es der Graf empfunden, daß er bei der Heirat mit seiner Schwester sein Mahl verschmäht hatte. Er gab daher den Abgesandten allerlei köstliche Geschenke mit, und einem jeden einen Olivenzweig in seine Hand.

So näherten sie sich dem Schlosse Haimons, und Frau Aja gewahrte ihrer, denn sie saß am Fenster; sie erkannte alle sogleich und war für das Leben der Abgesandten besorgt, weil sie die Gemütsart ihres Herrn wohl wissend war. Als die Ritter daher in den Saal getreten waren, verfügte sie sich auch dorthin, um zu sehen, wie es würde, sie hieß sie dort willkommen, und brachte ihnen einen Becher mit Wein; dann sprach sie bei ihrem Gemahl für die Herren, die in der größten Ungewißheit dastanden, denn sie hatten schon einige Male ihr Begehren angebracht, aber Haimon hatte auch nicht mit einem einzigen Laute geantwortet.

Da ihm nun jetzt seine eigene Gemahlin zuredete, so ging er ergrimmt im Saale auf und ab, so, daß alle zitterten, dann schlug er sich mit der Faust vor die Stirn, lehnte sich an einen Pfeiler des Gemachs und weinte bitterlich. Da das die anwesenden Ritter an einem solchen Helden gewahr wurden, so hätten sie beinahe mitgeweint, ohne zu wissen, was ihm sei, so erschütternd war der Anblick; aber die Hausfrau, die eines solchen Anblicks ungewohnt war, zerfloß in Tränen und warf sich zu seinen Füßen nieder, und beschwur ihn, daß er doch Rede und Antwort geben möchte.

»Steh auf, unglückselige Frau«, sagte er so leutselig, wie sie ihn noch nie hatte sprechen hören; »wohl mag ich dich, so wie mich selber unglückselig nennen, denn ich habe graues Haar davongetragen, ohne einen Sohn von mir zu sehen, dem ich meine Habe hinterlassen könnte. Keines Siegs, keines Ruhmes mag ich mich freuen, denn alles stirbt mit mir weg, keiner aus meinem Geschlechte erwähnt dankbar meiner, und Fremde teilen sich in meine Güter, in die Fahnen und Waffenrüstungen, die ich so mühselig erbeutet habe, und nun soll ich hingehn und Karlmann, den Erben Karls, krönen helfen, ich selbst ohne Erbe, ohne Sohn. Ich weiß, er meint's noch schlimmer mit mir, als der Vater; dürften sie mit mir handeln, wie sie wollten, sie ließen mich nimmermehr am Leben.«

Haimon konnte vor Grimm und vor Tränen nicht weitersprechen, aber seiner Gemahlin ging das Herz vor Freude auf, sie wußte erst nicht, was sie sprechen sollte, aber sie erinnerte ihn an den schrecklichen Eid, den er in der Nacht nach der Hochzeit geschworen hatte; doch Haimon sagte: »O Frau, solche Eide zu halten, ist nichtswürdig, hätt ich nur einen Sohn, und es könnte ein Held aus ihm werden, so wollt ich ihn so lieben, wie Karl seinen Karlmann nimmer lieben kann.« Nun entdeckte ihm Aja ihren verborgenen Handel, darüber wurde Haimon froh und drückte den angekommenen Rittern die Hand von Herzen; dann verließ er sie, um seine Kinder zu besehen.

Er kam mit seiner Hausfrau vor das verschlossene Gemach, in dem sie lebten, da stand er still, um ihr Gespräch mit anzuhören. Reinold tobte drinnen, und schrie über den Speisemeister, daß er ihnen nicht genug zu essen, und keinen guten Trunk bringe; Adelhart verwies seinem Bruder diese Heftigkeit, und sagte ihm, daß er sich vor Haimon hüten müsse, der ihn gewiß umbringen ließe, wenn er dem Speisemeister etwas zuleide täte.

»Was kümmert mich Haimon, der graue Hund!« rief Reinold erbost, »wenn ich ihn hier hätte, ich wollte ihn so mit Fäusten zusammenschlagen, daß er liegenbleiben sollte!«

»Dieser ist gewiß und wahrhaftig mein Sohn«, sagte Haimon, »aber jetzt will ich's probieren, ob es auch die andern sind.« – Ohne weiteres stieß er also mit seinem Fuß an die verschlossene Tür, so daß sie zersprang. Kaum aber stand er im Zimmer, so lief Reinold auf ihn zu und schrie: »Was hast du, alter Graubart, hier zu schaffen?« und mit diesen Worten warf er ihn zu Boden. Die andern Brüder kamen auch herzugelaufen, und Haimon, der sich nichts Gutes versahen rief: »O ihr jungen Helden, schlaget mich nicht, denn ich bin euer Vater, haltet Ruhe, und ich will euch alle zu Rittern machen.« Als Reinold hörte, daß das sein Vater sei, hob er ihn vom Boden auf und tröstete ihn über seinen harten Fall, darauf umarmte der Vater seine Kinder nach der Reihe, mit besondrer Inbrunst aber schloß er Reinold, den Jüngsten, in seine Arme, so daß diesem die Nase zu bluten anfing. – »Wärt Ihr nicht mein Vater«, rief Reinold, »seht, so wollt ich Euch dafür schlagen, daß Ihr solltet liegenbleiben.« – Aber Haimon ward über dergleichen Reden noch mehr erfreut, und Frau Aja stand draußen, und wußte nicht, ob sie lächeln oder weinen sollte.

Viertes Bild

Das Roß Bayart.

Die Söhne mußten sich nun in dem Saal versammeln, wo sie ihr Vater zu Rittern schlug, erst den Ritsart, dann Writsart, hierauf Adelhart, und endlich Reinold. Als er zu diesem kam, hatte der sich die goldnen Sporen schon angelegt, und das Schwert umgehängt, und so ging er stolz und übermütig einher. Der Vater schenkte ihm seine Schlösser Pirlapont und Falkalon, weil er ihn für den Würdigsten hielt.

Haimon ließ nun seinen Söhnen mehrere schöne Pferde vorführen, und das schönste gab er dem Reinold; dieser sah es an, und da es ihm schwach vorkam, schlug er es mit der Faust vor dem Kopf, daß es gleich tot niederfiel: hierauf sagte er zu seinem Vater: »Das Roß ist viel zu schlecht, mich zu tragen, gebt mir ein beßres.« Seine Mutter sagte: »Auf die Art mein Sohn, möchtest du wohl alle Pferde zu Tode schlagen, und keins könnte dir gerecht sein.« Aber Haimon ließ ein größeres und stärkeres vorführen; dem tat Reinold eben wie dem vorigen, man brachte ein noch höheres, da sprang er hinauf, daß er dem Pferde den Rückgrat zerbrach, so daß es bald nachher starb. »Vater«, sagte er betrübt, »was soll ich machen, wenn sich keins der Pferde für mich schicken will!« Haimon aber war über die ungemeine Stärke seines Sohnes sehr erfreut, und sagte: »Mein Sohn, ich wüßte wohl noch ein anderes Pferd für dich, wenn du es nur zähmen könntest, es ist in einem festen Turm verwahrt, mein Vetter Malegys hat es mir geschenkt, und heißt Roß Bayart; es ist schwarz wie ein Rabe, und hat kein Haar und Mähne, und ist wohl stärker, als zwanzig andre Pferde.« – »Gebt mir das Pferd«, rief Reinold, »und ich will es bezähmen.«

Der Vater riet ihm hierauf einen Harnisch anzulegen, dessen Reinold sich erst schämte, da er es nur mit einem Pferde zu tun haben sollte; wie er aber hörte, daß Bayart Steine wie Heu zerreißen könne, panzerte er sich doch und ging dann mit einem tüchtigen Prügel nach dem Turme, in dem Bayart stand. Viele Ritter und Frauen folgten ihm, um zu sehen, wie er mit dem Roß hantieren würde.

Als er in den Turm gekommen war, stellte er sich hin, um Bayart zu betrachten, wie er es mit den übrigen Pferden gemacht hatte, aber Bayart gab ihm einen solchen Schlag, daß er zu Boden fiel. Die Mutter weinte und schrie: »Ach, mein Sohn Reinold ist tot, Bayart hat ihn erschlagen, nachdem er selbst drei andre Pferde erschlagen hat.« – Haimon trat auf Reinold zu, und schüttelte ihn und sprach: »Sei wohlgemut, mein Sohn, ich schenke dir das Roß, wenn du es bezwingst, denn ich gönne es keinem lieber, als dir.« »Nun«, sagte Aja, »Wie soll er denn das Roß bezwingen, da er tot ist?« – »Schweig, Frau«, antwortete Haimon, »ist er mein Sohn, so wird er gewiß wieder aufstehn.« – Indem ermunterte sich Reinold wieder, und ging mit seinem Prügel auf Bayart los, Bayart aber nahm ihn und warf ihn vor sich in die Krippe. Es entstand hierauf ein gewaltiger Kampf zwischen dem jungen Ritter und dem Rosse; endlich packte Reinold Bayart beim Halse, und schwang sich auf ihn. Dann ließ er ihm die Sporen fühlen, so daß Bayart mit gewaltigen Sprüngen zum Turm hinausarbeitete, und über das Feld hin und über breite Gräben setzte. Dann ritt Reinold mit dem Pferde zurück, stieg ab, streichelte es und wischte ihm den Schweiß ab, und Bayart stand und zitterte vor dem Ritter; so hatte Reinold das Pferd bezwungen, und er legte ihn nun auch ein schönes Gebiß an, und putzte es so auf, wie man mit andern Pferden zu tun pflegt.

Fünftes Bild

Reinolds Händel am Hofe.

Haimon ritt nun mit seinen Söhnen und den Abgesandten nach Paris, und König Karl kam ihm entgegen, und freute sich ihn zu sehen, denn es war in zwanzig Jahren das erstemal, daß er ihn unbewaffnet sah. Karlmann folgte ihm sehr ungern, denn er hatte einen Haß auf Haimon und sein ganzes Geschlecht. Nach einem freundlichen Empfange ritten alle nach Paris zurück. Die Ritterschaft und alle Damen bewunderten Reinolds Schönheit und Stärke, worüber Karlmann sehr ergrimmt ward, weil er sich für den schönsten und tapfersten Ritter im Lande hielt. Er ging zu Reinold, und sagte zu ihm: »Vetter, schenkst mir Euer Pferd, so will ich Euch eine andre Gabe dagegen verehren.« Reinold antwortete: »Es tut mir leid, daß ich Ew. Majestät für jetzt diese Bitte abschlagen muß, denn ich finde sonst kein ander Pferd, das für mich stark genug wäre.« Karlmann ging zornig beiseit und sagte: »Nun wohl, soll er auch, wenn ich gekrönt bin, kein Lehn empfangen, so wie die übrigen.« Da Reinold dies hörte, ging er wieder zu ihm und sagte: »Ich danke Gott, daß mir mein Vater so viel gegeben hat, daß ich Eurer Lehne nicht bedarf.«

Als die Tafel gehalten ward, befahl Karlmann, daß man den Haimonskindern nichts zu essen geben sollte. Alle Ritter und Edle setzten sich, da erscholl Musik, und einem jeden ward aufgetragen, so viel nur sein Herz begehrte; nur die Kinder Haimons erhielten nichts, und man tat, als wären sie gar nicht zugegen. Als Reinold dieses innewurde, ging er hinaus, stieß mit einem Fuß die Tür der Küche auf, und nahm von den dastehenden Schüsseln so viel als ihm beliebte. Der Koch wollte ihm die Schüsseln nicht verabfolgen lassen, aber Reinold schlug ihn sogleich, daß er zur Erden fiel. Nun hatte er mit seinen Brüdern genug; und König Karl, der den Vorfall hörte, sagte: »Er hat recht getan.« Der Marschall näherte sich Reinold und sagte. »Junger Herr, Ihr habt groß Unrecht getan, den Koch zu erschlagen, wenn ich einer seiner Verwandten wäre, so würde ich das schwer an Euch rächen.« »Dazu habt Ihr keinen Mut«, sagte Reinold, und der Marschall ward über diese Antwort erzürnt, und schlug nach Reinold; aber dieser schlug ihn mit der Faust sogleich zu Boden, und stieß den Leichnam mit dem Fuß, daß er weit in den Saal hineinrollte. König Karl gebot Ruhe, und daß die Kurzweil und die Musik ungestört fortwähren solle; worauf denn alle guter Dinge waren, und so der Tag zu Ende ging.

Karlmann gebot, daß man in der Nacht den Haimonskindern kein Bette anweisen sollte, so daß sie in Ruhe schlafen könnten. Als dies Reinold inneward, machte er in der Nacht ein solches Getöse mit seinen Waffen, daß alles im Schlosse aus den Betten fuhr, und bekümmert war und durcheinanderlief. Nun legte sich Reinold mit seinen Brüdern in die Betten, die ihnen am besten gefielen, und diejenigen, die so vertrieben waren, brachten die Nacht unter Klagen und Murren hin.

Am folgenden Tage ward Karlmann in der Kirche feierlich zum Könige von Frankreich gekrönt. Ein schöne Musik ward aufgeführt, und der ritterliche Bischof Turpin las die Messe, und dem jungen Könige ward ein kostbares Schwert umgegürtet, und eine überaus köstliche Krone auf das Haupt gesetzt.

Reinold war vom König Karl zum Speisemeister ernannt, Adelhart zum Mundschenken, und sie versahen ihre Dienste sehr wohl, als der Zug zum Palaste zurückgekommen war; auch Ritsart und Writsart warteten überaus geschickt bei der Tafel auf, so, daß jedermann die adeligen Sitten bewunderte. Nach der Mahlzeit versammelte König Karlmann alle Edlen im Garten, und teilte die Lehen aus, aber den Haimonskindern gab er nichts, worüber Haimon ergrimmt zu König Karl lief, und ihm diesen Vorfall kundtat. Karl schalt in Gedanken die Unart seines Sohnes, und gab allen drei Brüdern sehr ansehnliche Grafschaften zur Lehen, worüber Karlmann, als er es erfuhr, äußerst erbost ward. Er sagte.»Ich will jetzt probieren an einem Steinwurfe, ob die Edeln meines Landes auch stark und gewaltig sind; ich vermesse mich, der Stärkste im Werfen im ganzen Königreich zu sein.« – Alle Ritter und Edle schwiegen still, und Karlmann wiederholte die stolzen Worte noch einmal. Der alte Haimon konnte diese Vermessenheit nicht anhören, und sagte: »Ew. Majestät sollten Gott im stillen für seine große Gnade danken, wenn dem also ist, aber ich kenne einen jungen Helden von zwanzig Jahren, der diesen Stein wohl weiter werfen könnte, wenn er nur wollte, als Ihr es je imstande seid.« – »Holt nur Euren Sohn Reinold!« rief Karlmann ergrimmt, »damit Ihr selbst gewahr werdet, wie Ihr mit Euren prahlerischen Reden zuschanden werden sollt.« Da ging Haimon abseits seinen Sohn Reinold aufzusuchen, und weinte bitterlich, denn die Rede Karlmanns hatte ihn gar zu sehr innerlich verdrossen. Reinold sah seinen Vater auf sich zukommen, und verwunderte sich über die Tränen, die diesem von den Wangen herunterliefen. Haimon erzählte ihm den Vorfall, und bat seinen Sohn, den Stein doch ja weiter zu werfen, weil er sonst als ein Lügner bestehen müsse, welches ihm in seinem ganzen Leben noch nicht begegnet sei. Reinold wandte ein, daß Karlmann sein König sei, und daß er ihn nicht erzürnen wolle; worauf Haimon sagte: »Nun gut, mein Sohn, wenn du deinen alten Vater umsonst hast weinen lassen, so muß ich sterben, denn ich kann als Lügner nicht weiterleben.« Darauf rief Reinold aus: »Nein, sterben sollt Ihr nicht, ich will den Stein weiter werfen, und wenn gleich mein Gegner der Teufel wäre.« So folgte er seinem Vater zur Gesellschaft.

Karlmann warf den Stein weit weg, die übrigen Ritter warfen auch, aber keiner erreichte Karlmanns Ziel. Reinold nahm ihn und warf ihn viel weiter, als der König getan hatte. Darauf nahm Karlmann seine ganze Gewalt zusammen, und warf den Stein noch weiter als Reinold, Reinold aber ergriff ihn wieder, und warf ihn mit großer Leichtigkeit so weit über das Ziel hinaus, daß Karlmann den Mut verlor.

Da der junge König sehr erbost war, so versuchte es der falsche Ganelon, ihn zu trösten. Er schlug ihm vor, dem Adelhart auf den Kopf zuzusagen, daß er sich vermessen habe, ihn im Schachspiel zu überwinden, er sollte also mit ihm spielen und dabei ausmachen, daß derjenige, der fünf Spiele hintereinander gewönne, dem andern das Haupt abschlagen dürfe. Dem Könige gefiel dieser falsche Rat, und er ließ Adelhart kommen; dieser weigerte sich lange, um einen so hohen Preis zu spielen, aber Karlmann zwang ihn dazu, und Ganelon bezeugte, daß er sich vermessen habe, den König im Schachspiel zu besiegen. Karlmann gewann drei Spiele hintereinander, und Adelhart war seines Lebens wegen sehr besorgt. Aber er nahm allen seinen Verstand zusammen und gewann das folgende Spiel und ebenso noch vier andre, womit er eigentlich das Haupt des jungen Königs gewonnen hatte. Er neigte sich gegen Karlmann, und sagte: »Ich begehre nicht den Vertrag zu erfüllen, aber hüte sich

Ew. Majestät vor demjenigen, der Euch diesen Rat gegeben hat, denn er meint es wahrlich nicht gut mit Euch.« Karlmann aber ergriff das silberne Spielbrett, und schlug damit Adelhart ins Angesicht, daß er blutete. Adelhart ging traurig fort in den Stall, lehnte seinen Kopf an Bayart und weinte; dort traf ihn Reinold und fragte ihn, was ihm fehle; er wollte es anfangs verschweigen, weil er den Grimm seines Bruders fürchtete, da ihn aber Reinold selber zu ermorden drohte, wenn er ihm die Wahrheit nicht gestünde, so erzählte er ihm aus Furcht den ganzen Verlauf des gefährlichen Spiels. Da ward Reinold sehr zornig, und sagte. »Wie? darf man einem Bruder von mir so begegnen? Kann ich es leiden, daß ich so das brüderliche teure Blut zu Boden fließen sehe? Du hast sein Haupt gewonnen, und ich will es dir bringen.«

Er ließ hierauf Bayart nebst den andern Pferden heimlich aus der Stadt schaffen, dann ging er in Karlmanns Zimmer, bei dem sich Karl und viele Edle befanden; mit grimmigem Gesicht packte er den jungen König bei den Haaren und schlug ihm sein Haupt mit dem Schwerte ab; worauf er es seinem Bruder Adelhart gab und sagte: Hier hast du deinen Gewinst!«

Dann verließen die Brüder mit ihrem Vater die Stadt Paris.

Sechstes Bild

Die Brüder in der Verbannung.

König Karl war von Schmerz und Erstaunen ganz bewußtlos, er versammelte schnell seine Ritter, und eilte den Flüchtigen nach. Vor dem Tore begann ein hitziges Gefecht. Haimon hielt sich mit seinen Söhnen sehr tapfer, doch wurden allen die Pferde unter dem Leibe umgebracht. Da sprangen die drei Brüder hinter Reinold auf sein Pferd Bayart, das sie alle viere so schnell davontrug, daß keiner sie ereilen konnte. Aber Haimon blieb zurück, und stritt noch lange zu Fuß, und gebrauchte sich ungemein tapfer. Aber endlich konnte er der Macht nicht länger widerstehn, und gab sich ritterlich gefangen in die Hände des Bischofs Turpin, weil er dem Könige Karl nicht allerdings traute und eine schwere Rache von ihm besorgte.

Als Karl daher den Gefangenen wollte hängen lassen, widersetzte sich Turpin und die übrige Ritterschaft, so daß Haimon nur schwören mußte, seine Söhne in die Gefangenschaft zu überliefern, so bald als es ihm möglich wäre.

Reinold kam mit seinen Brüdern auf seinem Schlosse an, sie nahmen zärtlichen Abschied von ihrer Mutter, und beluden sich mit vielen Kostbarkeiten und so entflohen sie nach Spanien; ihr Vater war ein Freund des Königs, und hatte ihm lange gedient, sie hofften daher dort eine gute Aufnahme zu finden.

Der König sah sie in der Ferne kommen, und erkannte sie sogleich an ihrem Familienwappen; er wunderte sich darüber, daß ihrer viere auf einem Pferde ritten, und beschloß, sie sogleich in seine Dienste zu nehmen, weil er sich erinnerte, wie treu und tapfer ihm ihr Vater Haimon ehemals gedient hatte. Er nahm sie daher sehr gnädig auf, versprach ihnen Sold und Unterhalt; sie freuten sich, und gaben ihm dafür ihren Schatz in Verwahrung, den sie mit sich gebracht hatten.

Solange sie am Hofe etwas Neues waren, wurden sie gut gehalten, aber bald wurde man ihrer und ihres treuen Dienstes überdrüssig, dazu warf man ihnen auch immer vor, daß sie ihren Vetter Karlmann erschlagen hätten, und deshalb landesflüchtig wären.

Reinold war im Herzen ergrimmt, daß man ihrer mit jedem Tage weniger achtete; nach drei Jahren gab man ihnen gar keinen Sold, noch Kleider, noch Unterhalt. Reinold schickte einen Knappen Wendelin an den König, und ließ sich wenigstens seinen Schatz ausbitten, um weiterziehen zu können; aber der König ließ den Abgesandten mit Schlägen zum Palast hinauswerfen, und Reinold bekam diese üble Botschaft. Er ließ daher sein Roß Bayart satteln, und vor die Stadt führen, nahm seinen Bruder Adelhart mit sich, und ging so in den Palast des Königs.

Der König saß gerade bei der Tafel, Reinold verbeugte sich demütig, und begehrte in höflichen Ausdrücken seinen Schatz, um sein Glück in einer andern Gegend versuchen zu können, aber der König schwieg tückischerweise still, und gab keine Antwort. Reinold wiederholte sein Gesuch in denselben Ausdrücken, aber der König schlug die Augen nieder, und tat, als vernähme er kein Wort. Hierauf zog Reinold sein Schwert und sagte: »Ich sehe wohl, daß bei Ew. Majestät keine Güte hilft, ich muß daher mit Ew. Majestät auf eine andere Weise sprechen, ich will Euch das Haupt abschlagen, wie ich meinem Vetter Karlmann getan habe, und solches als einen Schatz mit mir nehmen.« Da der König das Schwert sah, fing er an um Gnade zu bitten, aber es war zu spät, Reinold schlug ihm das Haupt ab, und gab es seinem Bruder Adelhart, es an den Sattel zu hängen, und es als einen Schatz mitzunehmen.

Es entstand ein großer Aufruhr in der Stadt und Reinold hatte genug zu tun, um sich und seine Brüder zu schützen. Von ihrem Rosse Bayart schlugen sie manchen Mann zu Tod, und verwundeten manchen, aber sie alle wurden ebenfalls verwundet. Doch hielten sie sich so tapfer, daß sie endlich davonkamen, und nun überlegten sie, was sie zu tun hätten. Der Entschluß fiel endlich dahin aus, daß sie nach Tarragon zum Könige Ivo gehen wollten, der ein abgesagter Feind des Königs in Spanien war; ihm wollten sie das abgeschlagene Haupt präsentieren, und er würde sie denn wahrscheinlich gütig und freundschaftlich aufnehmen.

Da sie nun in Sicherheit, und schon auf seinem Gebiete waren, da stiegen sie vom Pferde, und verbanden einer dem andern die Wunden. Dann legten sie sich nieder und schliefen, weil alle nach so hartem Drangsal der Ruhe sehr benötigt waren.

Siebentes Bild

Reinold vermählt sich.

Als die Brüder ausgeschlafen hatten, gingen sie an den Hof des Königs Ivo, und Reinold trug auf seinem Speere das Haupt des Königs mit der Krone. Der König Ivo verwunderte sich über die Maßen, als er diese Herren alle auf einem Pferde ankommen sah, er rief seine Räte ans Fenster, und alle erstaunten gleich sehr über diesen Anblick.

Reinold und seine Brüder warfen sich vor dem Könige nieder, und gaben sich zu erkennen, dann verehrten sie ihm das Haupt seines Feindes, welches er mit großer Freude annahm. Es wurde ihnen ein köstliches Mahl zubereitet, hernach gab man ihnen schöne Kleider und wies ihnen ihre Wohnungen an. Bald hernach fiel Ivo mit seinem Heere in Spanien ein, und Reinold und seine Brüder begleiteten ihn auf diesem Zuge. Das Heer war siegreich, besonders durch die Hülfe der Haimonskinder, und so zogen sie endlich wieder nach Hause.

König Karl hatte in Erfahrung gebracht, daß sich Reinold mit seinen Brüdern beim Könige Ivo aufhielte, er schickte also heimlich eine Gesandtschaft dahin, um die Auslieferung dieser Ritter zu begehren. Ivo wollte sich nicht gern gegen König Karl auflehnen, weil er dessen Macht fürchtete, aber auch nicht gern für undankbar angesehen werden, weil er durch die Hülfe der Haimonskinder so siegreich gewesen war; er berief daher seinen Rat zusammen, damit dieser entscheiden sollte, wie er sich in einer so bedrängten Lage zu betragen habe. Die meisten der Ratsherren waren den Haimonskindern ihres tapfern Betragens wegen sehr gewogen, nur einige waren ihnen entgegen, und da einer von diesen vorschlug, daß man sie ausliefern möchte, schlug ihn ein anderer von den Räten zu Boden, weil es ein unedler Antrag sei.

Reinold erschien nun selber in der Ratsversammlung, er ließ sich vor dem Könige auf ein Knie nieder, und begehrte von ihm die hohe einsame Steinklippe im Meere, um sich dort eine Wohnung zu bauen, und sicher zu sein. König Ivo bedachte sich eine Weile, und sein Rat unterstützte Reinolds Gesuch, aber einer war dagegen, und bestand darauf, daß man die Brüder zum Besten des Landes ausliefern solle, aber ein anderer redlicher Rat schlug ihn ebenfalls zu Boden. König Ivo sagte endlich: »Lieben Herren, lasset mir das, ich will dem tapfern Reinold die Steinklippe geben, wenn er mir verspricht mein ehrlicher Vasall zu sein, und mich in Kriegen und Überfällen zu beschirmen, dazu will ich ihm gleichfalls meine Tochter Clarissa zum ehelichen Gemahl geben, wenn er mir solches verspricht.« Reinold versprach es, und die Hochzeit ward in kurzem auf das prächtigste gefeiert.

Achtes Bild

Die feste Steinklippe Montalban.

Bald nach der Hochzeit versammelte Reinold eine Menge von Maurern und Zimmerleuten, und gründete so eine Festung, die bald aufgebaut war und die er Montalban nannte. König Ivo kam und besah die Festung, er verwunderte sich über den Bau und über die Unüberwindlichkeit der Steinklippe, denn sie lag im Meer, und der steile Fels war schwer zu erklettern. Da oben hauste nun Reinold mit seinem Gemahl und seinen Brüdern, und er hatte viele Untertanen und auch ein ansehnliches Stück Land vom Könige bekommen. König Karl wollte eine Reise nach St. Jago machen, da fuhr er an dieser Klippe vorüber, und verwunderte sich über ihre Festigkeit. Da er hörte, daß das Schloß Montalban heiße und Reinold angehöre, ward er ergrimmt, und ließ es durch Roland auffordern, und daß sich Reinold mit seinen Brüdern auf Gnade und Ungnade ergeben sollte. Reinold aber verließ sich auf die Festigkeit seines Schlosses, und ließ zurücksagen, daß er sich nichts um König Karl kümmere, und daß er ihn belagern möchte, wenn er wollte. Das verdroß Karln inniglich; er war daher kaum von seiner Wallfahrt zurückgekommen, als er eine Menge Volks versammelte, und damit Reinold in seinem Kastell belagerte; aber es war zu fest, und er mußte unverrichteter Sache wieder abziehn.

Neuntes Bild

Reinolds Brüder kommen in Gefangenschaft.

Als eines Tages Reinold mit seinen Brüdern zu Tische saß, ward er plötzlich traurig und ließ den Kopf sinken, so daß sich alle über ihn wunderten. Adelhart fragte ihn, was ihm fehle, und Reinold antwortete:»Lieben Brüder, ich muß mich gar sehr über euch wundern, daß keiner von euch an unsre vielgeliebte Mutter denkt. Ich habe sie nun in sieben Jahren nicht gesehn, und weiß nicht, wie es ihr geht, wie sie aussieht, ob sie in der Zeit nicht schon zum öftern krank gewesen ist. Sie denkt vielleicht oft an uns, und ich muß euch sagen, ich habe keine Ruhe, bis ich gen Pirlapont gereiset bin, und sie wieder mit Augen gesehn habe.'

Die Brüder erschraken, und suchten ihm diesen Vorsatz auszureden, weil eine solche Reise töricht und gefährlich wäre: denn Aja und Haimon hatten schwören müssen, die Kinder gefänglich auszuliefern, wenn sie sie je in die Hände bekämen.

»Was ist das Leben«, rief Reinold, »wenn wir unsre liebsten Wünsche nicht erfüllen sollen? Und ich sage euch, daß ich doch sterbe, wenn ich meine Mutter nicht zu sehn bekomme, ich mag nun hinziehn, oder nicht.«

Da wurden die Brüder traurig, weil sie sahen, daß er seinen Sinn fest darauf gesetzt hatte, und daß kein Ausreden etwas fruchten würde. Sie gingen daher fort, und im nächsten Walde begegneten ihnen vier Pilgrime, in der Pilgerkleidung und mit Palmzweigen in den Händen. Mit diesen verwechselten die Ritter die Kleider und kamen so an die Tore von Pirlapont. Aber die Tore waren verschlossen, und als sie deshalb anklopften, fragte der Torhüter von den Zinnen der Burg, wer da sei? »Wir sind vier Pilgrime«, antwortete Reinold, »wir sind viele merkwürdige Städte durchwandert, und kommen nun hieher, und haben großen Hunger und Durst; bitten deshalb, Ihr wollet uns einlassen.«

»Hier ist viel Jammer im Hause«, antwortete der Torhüter, »weil wir gestern die Zeitung bekommen haben, daß die vier Söhne Haimons in gefänglicher Haft von König Karl gekommen sind.«

»Ich bitte Euch um dieser vier Herren willen«, antwortete Reinold, »daß Ihr uns einlassen wollet.«

Der Torhüter sprach: »Wenn Ihr nicht einen so langen Bart trüget, möchte ich Euch fast selber für den stolzen Reinold ansehn«; und somit stieg er hinunter und öffnete ihnen das Tor.

Sie gingen zu ihrer Mutter als Pilgrime, und baten um eine Mahlzeit, weil sie eine weite Reise gemacht hätten. Sie saßen nun zu Tische, und Reinold betrachtete seine Mutter sehr genau, endlich bat er sie, ihm auch einen Trunk Wein zu geben, weil er lange keinen guten Wein getrunken habe. Die Mutter holte ihm selber eine Kanne mit Wein aus dem Keller, und schenkte ihm ein. Reinolds Herz ward fröhlich, da er seine Mutter selber ihm einschenken sah, und trank über die Maßen, so daß er ordentlicherweise betrunken ward. Er taumelte umher und begehrte einen Becher nach dem andern, so daß sich Frau Aja über den lustigen Pilgrim verwundern mußte. Er ließ sich immer noch mehr Wein einschenken, so daß sich wohl ihrer vier davon hätten satt trinken mögen, dann taumelte er umher, und sagte zu seiner Mutter: »Nun gebt mir noch einen Becher und ich will meinem Vetter Karl nichts achten.« Adelhart erschrak, als er diese Worte hörte, er wollte seinen Bruder anstoßen, um ihn zu warnen, aber Reinold, der trunken war, fiel gleich der Länge nach in den Saal hin. Die Mutter warf sich auf ihn nieder, und umhalsete ihn, und wollte vor Freuden gar nicht wieder von ihm lassen, so daß sie Adelhart endlich vom Boden aufheben mußte; dann umarmte sie auch die übrigen Söhne.

Es war aber einer im Saal zugegen, der dem Könige Karl sehr günstig war, er ging daher zu Frau Aja und sagte: »Gedenket Eures Eides, und liefert nun Eure Kinder Eurem Bruder aus, der auf Euch ergrimmt ist; wo es aber nicht geschieht, will ich selbst nach Hofe reiten, und anzeigen, daß sie sich hier befinden.« – Als Aja diese Worte hörte, fing sie bitterlich an zu weinen, und klagte: »O du arger und gottloser Verräter, hast du so lange mein Brot gegessen, und darfst nun dergleichen Reden gegen mich führen? Und wenn mein Bruder auch noch viel ergrimmter wäre, so will ich ihm dennoch meine Kinder nicht ausliefern.«

Der Verräter lief hierauf zum Grafen Haimon, und gebrauchte gegen ihn dieselben Worte, aber Haimon erwischte von ungefähr einen tüchtigen Prügel, und schlug damit den Verräter zu Boden, und sagte: »Nun darf ich doch versichert sein, daß du es nicht bei Hofe anzeigen wirst.« Dann ging Graf Haimon zu seinen Edlen und versammelte sie und viel Volks, daß sie ihm seine Kinder sollten fangen helfen, damit er sie seinem Eide gemäß ausliefern könne.

Die Brüder sahen die Macht auf sich zukommen, und waren in großen Ängsten, sie wußten sich nicht zu raten, aber endlich trugen sie den trunknen und schlafenden Reinold in ein Gemach, wo sie ihn verschlossen, dann nahmen sie ihre Waffen zur Hand, und widersetzten sich dem Volke des Grafen, das eindrang, um sie gefangenzunehmen. Der Streit dauerte länger als einen Tag, denn die Brüder gebrauchten sich sehr tapfer, und schlugen viel Volks darnieder.

Reinold erwachte nun wieder und war nüchtern, er sah Bedrängnis seiner Brüder, und eilte sogleich hinzu, um ihnen beizustehn. Er sprang sogleich in das Volk hinein, wo es am dicksten stand, und vor seinem guten Schwerte stürzte alles nieder und entfloh; worauf Haimon sagte: »Ich sehe wohl, daß meine Kinder diesmal werden ungefangen bleiben, denn Reinold hält sich besser, als alle zusammen.« Reinold kam in Wut und drang auf seinen Vater ein, um ihn niederzuhauen; als Adelhart das gewahr ward, eilte er auf ihn zu und hielt ihn zurück. »Laß mich nur«, rief Reinold aus, »ich will ihn lehren seine Kinder fangen.« – Aber Adelhart sagte: »Bedenke, Bruder, daß man dann bis in die spätesten Zeiten von uns, als von Bösewichtern sprechen wird, daß kein edles Gemüt mit uns wird Gemeinschaft pflegen wollen; nein, es ist schändlich, lieber Bruder, und gegen die Religion, warum willst du den Vater töten? Es ist ja sonst noch Volks genug da, das du umbringen kannst.«

Reinold sah die Worte seines Bruders ein, und ließ von seinem Vorhaben ab, aber er wütete desto ärger gegen die übrigen, so daß alles umkam oder flohe, und sich ihm sein Vater gefangen geben mußte. Reinold nahm nunmehr seinen Vater und band ihn rücklings auf sein Pferd, dann gab er den Zügel einem Knaben in die Hand, der es so an den Hof des Königs Karl führen mußte. Der Torhüter am königlichen Palaste verwunderte sich sehr, als er den Grafen so ankommen sah; er fragte erstaunt: »Wer ist so kühn, Herr Graf, daß er es wagen darf, Euch als ein Präsent an den Hof zu schicken?« »Ach, das haben mir meine Kinder getan«, antwortete Haimon, darum, daß ich sie habe fangen wollen.«

König Karl ward ungemein betrübt, als er diese Nachricht empfing, er brachte schnell eine Macht zusammen, um die Brüder zu belagern und sie in seine Gewalt zu bekommen.

Reinold sah, wie sich die Scharen versammelten, und ward in seinem Gemüte sehr betrübt. Er stand auf der Zinne der Burg und sah wie das feindliche Heer seine Gezelte aufschlug, um ihn und seine Brüder zu belagern. Er ging zu seiner Mutter und fragte sie, ob sie keinen Rat wüßte, denn nun wäre an kein Entrinnen mehr zu denken, er müßte sich dem König gefangen geben. Frau Aja weinte, da sie ihren tapfern Sohn so reden hörte, er war der Jüngste und ihr der Liebste, und sie gedachte, daß er noch am ersten seine Brüder retten könne, wenn sie ihm zur Flucht behülflich wäre. Sie ließ ihn daher sein Pilgerkleid wieder anziehn, dann schaffte sie ihn heimlich zu einer verborgenen Tür hinaus, und so entkam Reinold.

Die übrigen Brüder aber waren in der größten Betrübnis, denn sie fürchteten sich sehr vor König Karl, besonders da sie jetzt ihren Bruder Reinold nicht mehr bei sich hatten. Die Mutter schlug ihnen vor, barfüßig und in wollenen Hemden in das Lager des Königs zu gehn, und fußfällig um Verzeihung zu bitten; sie folgten ihrem Rate, und stellten sich vor König Karl, ihren Feind. Karl war sehr ergrimmt, und fragte gleich nach Reinold; sie sagten daß er entwischt sei, worüber der König noch mehr aufgebracht wurde, und schwur, sie alle hängen zu lassen, wenn der Reinold erst zur Gesellschaft hinzugekommen wäre.

Reinold war indessen auf Montalban angelangt, und voller schwermütigen Gedanken. Er warf sich vor, daß er an der Reise seiner Brüder schuld sei, und sie jetzt feigherzigerweise verlassen habe. Er bestieg sein Roß Bayart und beschloß sie zu erretten. So ritt er mit diesem Gedanken bis vor die Stadt Paris, wo er im Wald stillhielt, und bemerkte, daß ihm ein Jüngling nachgekommen sei, der in seinen Diensten war. »Bist du nachgekommen, mich zu verraten?« rief Reinold. »Wie sollt ich«, antwortete der Jüngling, »zu einer so schändlichen Absicht einen so weiten Weg zurückgelegt haben? Nein, ich bin Euer Diener und Ihr könnt meiner vielleicht gebrauchen.«

»Gut«, sagte Reinold, »so sollst du ein Abgesandter von mir an König Karl sein, doch sieh dich ja gut vor, daß du dir einen guten Bürgen setzen lässest, denn du sollst ihm harte Worte überbringen. Sage ihm von meinetwegen, daß ich es weiß, daß meine Brüder in seiner Haft sind, aber er solle sich wohl vorsehen, ihnen einiges Leid zuzufügen. Wir sind alle erbötig Sr. Majestät treu und ehrlich zu dienen, auch in wollenen Hemden und barfüßig demütigst um Verzeihung zu bitten, aber er soll sie freilassen, und uns in seine Dienste nehmen. Will er sie aber nicht los und ledig geben, so sag ihm nur, wollt ich meine ganze Macht daran strecken, und nicht eher ruhen und rasten, bis ich ihm so, wie dem Könige Karlmann getan hätte.«

Der Jüngling wollte gehn, aber Reinold rief ihn zurück. »Nein«, sagte er, »Gott bewahre meinen Arm, daß ich Seine Majestät, meinen König und Vetter umbringen sollte; das sei fern von mir, denn es wäre ein grausames und unmenschliches Beginnen. Aber sage mir meine Botschaft gut und verständig, daß er meine Brüder soll freigeben und daß wir ihm treu dienen wollen, aber er muß uns vergeben; will er aber meine Brüder hängen lassen, so will ich meine ganze Macht daran strecken und es soll ihm dann nimmermehr gut gehn.«

Der Bote verfügte sich nun in die Stadt, und ging an den Hof zu König Karl, wo er seinen Auftrag ausrichtete. Er ließ sich aber vorher den König Karl selber zum Bürgen setzen, daß er frei zurückkönne, und es war gut, daß er es getan hatte, denn König Karl wurde ungemein ergrimmt über Reinold und seinen Abgesandten, so daß er ihn gewiß würde habe hängen lassen, wenn er ihm nicht so sichere Bürgschaft zugesagt hätte.

Reinold wartete im Walde auf seinen Boten, er war vom Pferde gestiegen und ging unter den Bäumen auf und ab, sein Pferd hatte er an einen Stamm gebunden. Indem er so wartete und über das Schicksal seiner Brüder nachdachte, überfiel ihn eine Schläfrigkeit. Er legte sich nieder, und ehe er es noch bemerkte, war er unter dem Rauschen der alten Bäume fest eingeschlafen. Indem bekam Bayart ein Gelüste nach dem frischen Grase, weil er hungrig war, er schüttelte sich also so lange, bis er vom Baume los war, dann ging er nach seiner Lust auf der Weide, weil er seinen Herrn schlafen sah. Drei-

ßig Bauerknechte waren von ohngefähr im Walde, wo sie Holz fäll-
ten, diese wurden das Roß Bayart gewahr und erkannten es sogleich, daß es Reinolds Pferd sei. Sie machten den Plan, das Roß zu
fangen, und umgaben es mit Bäumen und Zweigen von allen Seiten, so daß es nicht davonkommen konnte. Dann banden sie es und
führten es nach Paris. Karl war erfreut, daß er das Roß erobert hatte,
er schenkte es sogleich dem Grafen Roland, der sich im Herzen
heimlich darüber betrübte, daß man es seinem Vetter Reinold ent-
wendet hatte.

Reinold erwachte und sah, daß sein treues Roß fort war, er suchte
es lange im Walde und war überaus bekümmert. Als er es aber
nicht wiederfand, ward sein Jammer groß, er zog den Harnisch aus
und warf ihn ins Gebüsch, ebenso sein Schwert und seinen Schild.
»Wohl bin ich nun wie ein Tor bestraft«, rief er aus, »ich Unglückse-
liger! der ich dem Könige Karl so große Worte sagen lasse, und nun
nichts davon ins Werk richten kann. Was für Macht soll ich nun
daran strecken, um sie zu befreien? Bayart ist mir gestohlen, und ich
möchte hier im wilden Walde lieber gleich umkommen, denn meine
Brüder sind verloren, und ich kann gar nichts tun um sie zu erretten.«

Solche Klagen trieb Reinold und warf sich dann auf den Boden
und machte die wunderlichen Gebärden eines Menschen, der in
Verzweiflung ist.

Zehntes Bild

Die Kunst des Malegys.

Indem trat ein alter Pilgrim aus dem Gebüsche und ging auf Reinold zu. Er hatte weiße Haare und einen langen Bart, seine Augenbrauen hingen ihm über das Gesicht, so daß er durch die Haare sehen mußte, und man von ihm glauben konnte, daß er wohl an zweihundert Jahr alt sei. Er ging an einem Pilgrimsstabe und hinkte langsam daran einher. Reinold verwunderte sich über die alte Gestalt, die auf ihn zukam.

Der Alte sagte: »Ei, junger Herr, worüber trauert Ihr denn so sehr? Ich bin weit und breit die Länder durchzogen, aber nirgends, das mag ich sagen, habe ich eine Person angetroffen, die so traurig gewesen wäre, als Ihr es zu sein scheint.« – »Ich habe auch die größte Ursache zur Traurigkeit«, antwortete Reinold, »denn meine Brüder sind verloren, und ich kann ihnen nunmehro auch nicht helfen, weil man mir mein Roß Bayart gestohlen hat. Ich hatte mir große Taten vorgesetzt, und wollte sie befreien, aber Gott hat es anders gelenkt, darum will ich auch nicht länger widerstreben, sondern mich für überwunden erkennen und mein ganzes Leben aufgeben, denn ich fühle eine große Lust in mir zu sterben.« – »Das muß nie sein«, antwortete der alte Pilgrim, »richtet Euch wieder auf, die Hülfe ist oft am nächsten, wenn man sie am wenigsten vermutet, und verehret mir ein Almosen, damit ich für Euch und Eure Brüder beten könne.«

Reinold bedachte sich, weil er kein Geld bei sich hatte, da fielen ihm seine goldene Sporen ein, die ihm jetzt gar nichts mehr nütze sein konnten, da er Bayart verloren hatte. Er band sie also los und gab sie dem Pilgrim, der sie sogleich in einen Sack steckte. »Wenn Ihr mir noch etwas zu geben habt«, sagte der alte Pilgrim, »so gebt es mir, und ich will in meinem Gebete Eurer dafür gedenken.« – »Wenn ich mich nicht schämte«, fuhr Reinold auf, »so wollte ich dich das Bettlerhandwerk lehren, daß du daran gedenken solltest.« Er meinte nämlich, ihm mit dem Schwerte eins zu versetzen, wenn der Pilgrim nicht zu alt und hinfällig gewesen wäre.

»Warum werdet Ihr böse?« fuhr der Alte fort, »der guten Gaben kann man niemalen zu viele sammeln, und im Alter kommen sie einem gut zustatten; darum, wenn Ihr noch etwas zu geben habt, so gönnt es mir lieber, als einem andern.«

Reinold zog hierauf sein kostbares Unterkleid aus, und sagte: »Siehe, ich gebe dir das, davon magst du eine lange Zeit leben.« Der Pilgrim nahm das Kleid und steckte es in den Sack und sagte: »Ich danke Euch, Herr Ritter, wenn Ihr noch etwas zu geben habt, so gebt es mir, ich will Eurer Brüder dafür in meinem Gebete gedenken.« Da ward Reinold zornig, und zog sein Schwert und hieb nach dem Pilgrim; der aber sprang zurück und verwandelte sich in einen schönen Jüngling von zwanzig Jahren, aber gleich darauf war er wieder der Alte. Reinhold erstaunte, und holte noch einmal mit dem Schwerte aus, der Pilgrim sprang aber wieder zurück und stand als ein schöner Jüngling da. Darauf wurde Reinold verwirrt und sagte: »Jetzt ist mein Unglück auf das höchste gestiegen, meine Brüder sind tot, dazu ist mein Roß Bayart gestohlen, mich selber wird man aufhängen, und der Teufel kömmt nun gar noch und fängt an mich zu vexieren: das kann und soll nicht so sein!« Er stürzte mit Wut auf den Jüngling zu, um ihn niederzuhauen, der aber fürchtete sich und rief: »Seht Euch vor, was Ihr tut, denn ich bin Euer Vetter Malegys!«

Kaum hatte Reinold diese Worte vernommen, so fiel er auf seine Knie nieder und bat um Verzeihung und Beistand. Malegys nahm ihn nun in die Arme, tröstete ihn mit kräftigen Worten und versprach ihm, ihm sein Roß Bayart wieder zu verschaffen. Reinold wurde wieder froh und so machten sich beide Ritter auf den Weg nach Paris.

Malegys verwandelte den Reinold in einen ganz alten und schwachen Pilger, und so machte er sich auch selber wieder zu einem alten Mann. So kamen sie in die Stadt und setzten sich auf die große Brücke nieder, und die Vorbeigehenden gaben ihnen Almosen, denn sie sahen gar zu erbärmlich aus, besonders Reinold, der für einen Todkranken in einer Ecke der Brücke lag. Es war grade an demselben Tage, an welchem Roland sein geschenktes Pferd probieren wollte und es lief viel Volks zusammen, und viele Ritter und Damen, um den Kurzweil mit anzusehn. Reinold hatte sich seine

Sporen wieder anlegen müssen, ohne daß man sie sehn konnte, um desto besser gerüstet zu sein.

Es kam nun König Karl über die Brücke mit dem Grafen Roland, und Bayart ward hintennach geführt. Der König sah die Pilgrime, gab dem Malegys ein Almosen und ließ sich mit ihm in eine Unterredung ein. Malegys erzählte viel von den Ländern, durch die er gereiset war, ebenso auch von der seltsamen Krankheit seines Gefährten; indem so kam Bayart näher, weil er seinen Herrn witterte, und schnupperte den Reinold freundlich an. Da Malegys das sah, schlug er das Roß mit seinem Stabe zurück, gleichsam als wenn sich sein Gefährte davor fürchtete. Darauf sagte er zum Könige, daß ihm ein weiser Einsiedler gesagt hätte, sein Geselle würde sogleich gesund werden, wenn er nur einmal so glücklich sein könnte, auf dem Rosse Bayart zu reiten. Der König antwortete: »Welch ein glücklicher Zufall, denn das ist eben das Roß Bayart, welches wir mit uns führen, und seht, das unverständige Tier schnuppert immer nach Eurem Gesellen hin, das muß fürwahr ein wunderbarer Mann sein.«

Darauf befahl er, daß Graf Roland den kranken Pilgrim nehmen und auf das Pferd setzen möchte; es geschah, aber der Pilgrim fiel sogleich wieder ab. Roland setzte ihn zum zweitenmal hinauf, und der Pilgrim fiel von der andern Seite wieder ab, endlich als Reinold zum dritten Male in den Sattel gesetzt ward, blieb er aufrecht sitzen und das Roß spürte nun seinen Herrn wieder und bäumte sich, und wollte von dannen laufen. Da gab ihm Reinold noch die Sporen und ließ ihm den Zügel schießen, und das Roß sprang gar behende davon und kam den Rittern bald aus den Augen. Malegys erhob über seinen Gefährten ein großes Klagegeschrei, der gewiß den Hals brechen würde, und Turpin der Bischof, Roland, Olivier und Ogier ritten dem entflohenen Pferde nach.

Im Walde hielt Reinold still, weil er diese Herren nachkommen sah, und gab sich ihnen zu erkennen, denn er wußte, daß sie es alle gut mit ihm meinten. Sie versprachen ihm auch, bei dem Könige für seine Brüder zu bitten, und ritten so zur Stadt zurück. Zum Könige sagten sie, sie hätten das Roß nicht ereilen können, worüber Malegys ein noch lauteres Klagegeschrei erhob; der König bedauerte ihn und gab ihm eine Verehrung. Dann entfernte sich der listige

Zauberer, als wenn er zum Besten seines verlornen Gefährten eine heilige Wallfahrt vornehmen wollte.

Eilftes Bild

Malegys errettet die Brüder aus dem Gefängnisse.

König Karl ließ nunmehr seinen Rat versammeln, um über die drei gefangenen Brüder ein Urteil zu sprechen. Er ließ sie in den Saal bringen und ihnen wie Missetätern die Hände auf den Rücken binden. Darwider setzte sich Bischof Turpin und behauptete, daß sich das nicht gezieme, weil diese Herren von fürstlichem Geblüte seien. Karl aber tat einen Schwur, daß er sie wollte henken lassen, weil sie seinen Sohn Karlmann umgebracht hätten. Turpin versetzte dagegen, daß er es nimmermehr zugeben würde, und daß gewiß der größte Teil der Ritterschaft seiner Meinung wäre, weil die meisten mit den Gefangenen verwandt wären. Darüber wurde König Karl zornig und schlug nach Bischof Turpin, der Bischof aber ergriff den König beim Halse und hätte ihn beinahe erwürgt, wenn nicht Roland und andre Genossen hinzugesprungen wären und die Einigkeit wieder hergestellt hätten. Es wurde endlich beschlossen, daß die Gefangenen noch auf einige Zeit verwahrt gehalten werden sollten, worauf man sich denn nachher noch einmal bedenken wollte.

So entgingen die Brüder noch dem Tode, denn dieser Tag war für sie ein gefährlicher Tag gewesen, und sie hatten ihr Leben schon für verloren geachtet.

In der Nacht machte sich Malegys auf und ging nach dem Gefängnisse. Vor seiner Kunst sprangen sogleich alle Türen auf, auch fielen den Gefangenen die Ketten von den Händen. Er gab sich ihnen zu erkennen und führte sie bis an die Brücke vor Paris, dann sagte er: »Ich muß nun noch zum König Karl gehn, denn ich habe vergessen ihn um Erlaubnis zu fragen.« Ritsart antwortete: »Ach, Vetter, diese Erlaubnis wird er Euch nimmermehr geben, denn er hat seine Freude daran, daß er uns will henken lassen.«

Aber Malegys ging vor das Bett des Königs Karl, der noch im tiefsten Schlafe lag, und fragte ihn, ob er ihm erlauben wolle die Brüder aus dem Gefängnisse zu führen. Karl antwortete: »Führe sie, wohin du Lust hast, denn mich kümmert es nicht«; es wußte nämlich der König nicht, was er redete oder sagte. Somit nahm Malegys zugleich auch das Schwert und die Krone Karls, so daß dieser es sah, dann verließ er ihn und eilte mit den erretteten Brüdern nach Montalban.

König Karl war sehr ergrimmt, als er am Morgen seine Krone, sein Schwert und seine Gefangenen vermißte.

Zwölftes Bild

Ein Wettrennen mit Pferden.

König Karl bekam Lust, das beste Pferd in seinem ganzen Lande kennenzulernen, um es für Roland zu kaufen, damit dieser sich dann desto zuverlässiger dem Reinold widersetzen könne, denn durch Roß Bayart war Reinold selbst dem mächtigen Roland überlegen. Der König setzte also die neue Krone, die er sich hatte machen lassen, zum Preise aus, für denjenigen, der mit seinem Pferde zuerst das Ziel erreichen würde, er wollte demjenigen Ritter dann die Krone für den vierfachen Preis abkaufen, dazu auch das Roß; auf diesem Wege hoffte er das beste Roß zu erhalten.

Malegys und Reinold hörten von diesem Turnier, und sie machten sich alsbald mit den Brüdern auf den Weg nach Paris. Unterwegs aber verwandelte Malegys den Reinold in einen Jüngling von vierzehn bis funfzehn Jahren, so daß ihn niemand erkennen mochte; ebenso vertrieb er dem Rosse Bayart die schwarze Farbe und machte ihn zu einem großen und starken Schimmel: über welche Kunststücke Reinolds Brüder sehr lachen mußten, denn sie erkannten selber ihren Bruder und das Roß Bayart nicht wieder. So zogen sie fort und kamen in Paris an, die Brüder aber blieben außerhalb der Stadt.

Als sie in der Herberge abgestiegen waren, ging Malegys in den Stall und band Bayart den einen Schenkel fest, so daß er nicht recht gehen konnte, dazu verwandelte er ihn auch so, daß er ein ganz dürres und mageres Ansehn hatte. Der Wirt war höchlich darüber verwundert, und sagte schmälend zu Malegys:»O du böser Geselle, der du dieses gute Roß also verdorben hast, ganz gewiß bist du Malegys und dein Geselle dort der verbannte Reinold, ich will gleich zum Könige gehn und es anzeigen.« Als Reinold diese Worte hörte, zog er sogleich sein Schwert und hieb dem verräterischen Wirte das Haupt ab.

Es war nun der Tag, an dem das Turnier gehalten werden sollte. Malegys ritt auf der andern Seite zur Stadt hinaus, und Reinold kam mit seinem dürren und hinkenden Klepper auf den Turnierplan. Alle Ritter spotteten des Jünglings und seines Pferdes, nur ein schalkhafter Knecht war unter ihnen, welcher sagte. »Wenn ich anders den Reinold je gesehen habe, so ist es dieser Jüngling, und dieses sein Roß muß Roß Bayart sein.« Bayart, der diese Worte verstand und für seinen Herrn besorgt war, schlug von hinten aus, so daß der Knecht tot niederfiel. Die Ritter sagten: »Das Roß hat recht getan, warum hat er es also belogen?«

Der Wettlauf nahm nun seinen Anfang, und die übrigen Ritter waren mit ihren Pferden schon weit voraus; da löste Reinold dem Bayart heimlich den gebundenen Schenkel, und von Stund an bekam das Pferd sein frisches und gesundes Aussehn wieder, und der König und sein ganzes Gefolge verwunderten sich über die Maßen. Das Roß trieb nun ein Springens und Laufens, wie es fast noch nie getan hatte, so daß es bald allen übrigen Pferden zuvorkam, worüber sich Reinold ungemein erfreute, denn er hatte eine große Begierde zu der Krone. Als er endlich an das Ziel gekommen war, nahm er die Krone von dem Orte weg, wo sie aufgestellt war, sprang mit dem Rosse in die Seine und schwamm behende an das jenseitige Ufer. König Karl war erstaunt und erschrocken, er rief dem Ritter nach, aber Reinold hatte drüben schon seinen Vetter Malegys gefunden und rief zurück: »Seht, ich bin Reinold, und dieses hier ist mein Roß Bayart, kein beßres gibt's in der ganzen Welt mit Laufen und Springen, es ist daher nur vergebene Mühe von Ew. Majestät, ein besseres aufsuchen zu wollen.«

König Karl erschrak heftig und bat ihn zurückzukommen, er wolle ihm und seinen Brüdern vergeben und ihnen Ämter erteilen, darneben ihm die Krone für den vierfachen Wert mit Gold abkaufen. Aber Reinold sagte: »Ich traue Eure Majestät nicht so viel, überdies, was wollt Ihr mit einer Krone? Ihr seid ja ein Roßtäuscher geworden und dürft also keine Krone tragen.« Mit diesen Worten ritt er mit der Krone fort, und keiner wagte es, in die Seine zu springen, weil sie die Kunst des Zauberers Malegys fürchteten.

Die Brüder waren sehr erfreut, als sie den Reinold mit der kostbaren Krone ankommen sahn; aber König Karl war sehr betrübt, daß er nun auch seine zweite Krone verloren hatte, die er sich erst neu hatte machen lassen.

Dreizehntes Bild

König Ivo ein Verräter.

Es nahte sich jetzt das Pfingstfest, an dem König Karl immer seine Edle und Fürsten zu versammeln pflegte; er mußte sich daher zu dieser Feierlichkeit eine neue Krone verfertigen lassen, damit er in seinem Schmucke und dem schicklichen Glanze erscheinen könne. Dann lud er alle zum Feste ein, vorzüglich aber den König Ivo von Tarragon. Als sie erschienen waren, wurde jeglichem sein Sitz angewiesen, und eine überaus schöne Musik erklang; König Ivo aber aß mit König Karl an einem besondern Tische, so daß ihm also dadurch eine große Ehre widerfuhr.

Nachdem man die Tafel aufgehoben hatte, nahm Karl den König Ivo bei der Hand, und beide gingen im Garten spazieren. Karl sagte: »Mein König, es wird Euch bewußt sein, wie Euer Eidam meinen Sohn Karlmann erschlagen hat, es ist mir unmöglich, den Mörder in meine Gewalt zu bekommen; so Ihr ihn mir aber ausliefern wollt mit seinen Brüdern, will ich Euch eine große Summe Goldes dafür verehren.«

König Ivo freute sich, als er diesen Vorschlag hörte, denn er liebte das Gold über die Maßen, dazu so schmeichelte ihm das Vertrauen und die Freundschaft König Karls, auch hatte er nun schon die treuen und redlichen Dienste der Haimonskinder vergessen, so daß er dieserwegen den Handel einging, und die vier Brüder ohne Wehr und Waffen nach Falkalon zu liefern versprach. Hierauf umarmten sich beide Könige von Herzen, und Ivo zog sogleich nach Montalban, Karl aber schickte viel Volks nach Falkalon, um die Brüder gefangenzunehmen, und sie sich tot oder lebendig überliefern zu lassen, damit die verdrüßlichen Händel ein Ende gewinnen möchten.

Reinold war mit seinen Brüdern auf die Jagd gezogen, und er ritt nun mit ihnen nach seinem Schlosse Montalban zurück. Aber plötzlich überfiel ihn eine große Traurigkeit, so daß er den Kopf sinken ließ, und gebückt und bekümmert auf seinem Pferde saß. Die Brüder wurden besorgt und fragten ihn, was ihm fehle, daß er sich also in Gedanken verliere. Reinold antwortete: »Ach, meine lieben Brüder, ich kann es euch nicht sagen, wie es geschieht, daß ich allen meinen Mut so plötzlich verliere, so daß ich sagen möchte, mir ist wie einem schwachen Greisen zu Sinne, der das Ende seines Lebens wünscht. Der Wald hier, in dem ich so oft gejagt habe, kömmt mir so finster und traurig vor, ich freue mich auf nichts und fürchte innerlich ein Übel, das uns bevorsteht.« – Die Brüder sagten: »Du bist müde, Reinold, denn wir haben den ganzen Tag gejagt.«

Indem kamen sie aus dem Walde und Reinold gewahrte viel Volks auf den Zinnen seiner Burg. »Heiliger Gott!« rief er aus, »wie viel Volks seh ich da oben? Was mögen sie wollen, und wo mag mein Gemahl und mein Vetter Malegys sein?« Ein Bote kam ihnen entgegen und sagte ihnen, daß König Ivo auf dem Schlosse wäre, worüber sich Reinold sehr erfreute, denn er gedachte nicht, daß ihm sein Schwiegervater einen solchen Possen spielen könne.

Reinold wollte den König Ivo küssen, aber dieser sagte: »Laß das, mein Sohn, ich kann das Küssen jetzt nicht vertragen, denn ich habe einen Fluß am Haupte.« Reinold erkundigte sich nun nach der Ursach seines Besuchs, und Ivo sagte ihm, daß er bei König Karl gewesen wäre, und zwischen ihm und den vier Brüdern einen Frieden geschlossen hätte. Reinold freute sich sehr, als er diese Neuigkeit erfuhr, denn er wünschte nun endlich in Sicherheit leben zu können; die andern Brüder aber setzten ein Mißtrauen in die Rede des Königs. Reinold wollte mit tausend Mann aufbrechen, um doch einigen Schutz zu haben, wenn Karl gegen sein Wort handeln sollte, aber Ivo sagte ihm, daß der Vertrag so gemacht wäre, daß sie ohne alle Waffen und barfüßig nach Falkalon auf Eseln reiten sollten, dann sollten sie vor König Karl auf die Kniee fallen und so würde er ihnen dann vergeben. Darüber wurde Reinold auch nachdenklich und er antwortete: daß er darüber erst mit seiner Hausfrauen Clarisse und mit seinen Brüdern ratschlagen wolle; worüber Ivo erschrak, denn er fürchtete, daß ihm seine List nicht gelingen werde.

Clarisse fiel ihrem Gemahl Reinold um den Hals und weinte und beschwur ihn, daß er nicht wegreisen möchte, weil ihr ihr Herz irgendein Unglück weissage. Reinold fragte: »Was sollte mir begegnen? Euer Vater hat einen guten Frieden geschlossen, und wir werden hinfüro in aller Sicherheit leben können.« »Ach«, antwortete Clarisse, »ich sehe wohl, Ihr kennt meinen Herrn Vater noch nicht, denn ich muß Euch sagen, er ist sehr geldgeizig und hat Euch ganz gewiß an den König Karl verraten.« Hierauf wurde Reinold zornig und sagte: »Ihr seid eine sehr schlechte Tochter, daß Ihr also von Eurem leiblichen Vater reden dürft, nein, nun will ich ihm um so mehr vertrauen und kühnlich nach Falkalon zu König Karl ziehn; denn warum soll mich Ivo, mein zweiter Vater, verraten? Hab ich ihm doch von jeher nichts als lauter Gutes erwiesen und treue und redliche Dienste geleistet, das wird er nicht also geschwinde vergessen können, daß er mich verraten sollte, will mich also stracks auf den Weg machen.«

Clarisse wurde sehr betrübt, da sie ihren Herrn so entschlossen sah; sie rief heimlich Ritsart zu sich und sagte: »Ritsart, ich halte dafür, daß euch allen vieren großes Unglück begegnen wird, nimm deshalb diese vier Schwerter, aber laß meinen Herrn Reinold nichts davon merken, darunter ist eins, Florenberg, das an Vortrefflichkeit seinesgleichen sucht.«

Ritsart nahm die Schwerter und verbarg sie unter seiner Kleidung, und nun zogen die Brüder aus auf vier Eseln und barfuß und in wollenen Hemden. Es war am frühen Morgen, und Reinold fing an mit lauter Stimme ein Lied zu singen, um sein trauriges Herz etwas zu erheitern, welches ihm aber sein Bruder, der betrübte Adelhart, heftig verwies.

So zogen sie fort und kamen gen Falkalon. Schon in der Ferne sahen sie viel Volks stehen, das bewaffnet war und auf sie wartete. Da wurde Reinold betrübt und sagte: »Ach, meine Brüder, ich sehe nun wohl ein, daß uns mein Schwiegervater Ivo verraten hat, denn dort sind viele gewaffnete Leute, die auf uns warten, dazu haben wir keine Rüstung und Waffen, auch kein Pferd als unsre Esel.« Indem kamen die Feinde näher, und der Anführer der Schar rennte mit seinem Speere voraus, um Reinold niederzustechen, indem er rief: »Ergib dich nun, stolzer Reinold, denn dein Schwiegervater hat dich um eine große Summe Goldes dem Könige verkauft.« Reinold ließ sich schnell von seinem Esel zur Seiten ab, aber der Speer traf ihn doch, so daß er für tot auf der Erden lag. Darüber wurden die Brüder sehr bekümmert, aber Reinold richtete sich bald wieder auf: da ging Ritsart zu ihm und gab ihm das Schwert Florenberg in die Hand und sagte: »Sieh, mein Bruder, das hat mir deine Hausfrau

Clarisse zu unserm Schutze gegeben«; gab auch den andern Brüdern jedem ein Schwert und behielt auch für sich eins. Als Reinold das Schwert sahe sagte er: »O Bruder, nun ich meinen Florenberg in der Hand habe, bin ich voll guten Muts, und ich will nicht mehr Reinold heißen, wenn ich alle diese fürchte.«

Das Volk war indessen mit seinen Anführern angerückt, und es entstand ein blutiges Treffen; alle vier Brüder gebrauchten sich so tapfer, wie es nur je die größten Helden haben tun können, vorzüglich aber Reinold, der mehr Taten tat, als sonst ein Mensch zu tun imstande ist. So dauerte das Gemetzel bis in die Nacht; da zogen die Brüder die Harnische der Erschlagenen an und stiegen auf die Pferde.

Am Morgen erneuerte sich der Kampf, und Writsart wurde im Gedränge gefangengenommen, denn das Pferd war ihm unter dem Leibe zu Tode gekommen. Eine Schar führte den Gefangenen weg um ihn König Karln zu überliefern; Adelhart wurde es zuerst inne, daß ein Bruder fehle und sagte es dem Reinold; dieser wurde wütend und drang darauf, daß man Writsart wieder frei machen müsse; aber Adelhart sagte: »Lieber Bruder, es ist uns für dieses Mal unmöglich, wenn wir ihnen nachsetzen, wird uns die Menge umzingeln und überwältigen; immer noch besser, daß der eine verlorengeht, als wir alle.« Aber Reinold wurde zornig und sagte: »Sollen wir es dulden, daß ein Bruder von uns gehenkt werde? daß man nachher sage: ,Sehet, das sind die Brüder, die so lange gegen König Karl gestritten haben, und es doch am Ende haben leiden müssen, daß man einen von ihnen gehenkt hat'? Nein, lieber will ich mein Leben daransetzen, denn fürwahr, das wäre uns eine sehr schlechte Ehre.«

Er ritt also durch das Gedränge und traf auf die Schar, die seinen Bruder Writsart wegführte; der eine von ihnen sah sich um und sagte: »Seht, da kömmt Reinold und gebärdet sich nicht wie ein Mensch, sondern wie ein wahrer Teufel, lasset uns alle davonfliehen!« Reinold kam herangesprengt und hieb die ersten nieder, die übrigen flohen, und so war Writsart wieder frei; worauf Reinold sagte: »Bruder, ich habe Euch diesmal wieder frei gemacht, aber ich sage es Euch, es geschieht nicht wieder; warum lasset Ihr Euch so gar leichtlich fangen?« Writsart sagte: »Bruder Reinold, es war nicht meine Schuld, mein Pferd war tot, dazu so hatten sie mir im Handgemenge mein Schwert zerschlagen.« »Nun, es soll Euch für diesmal vergeben sein«, sagte Reinold; und so ritten sie wieder in den Kampf hinein.

Die Schlacht dauerte fort, aber es kam zu den Feinden eine Verstärkung. Ritsart war schwer verwundet, und so mußte endlich Reinold mit seinen Brüdern die Flucht ergreifen.

Vierzehntes Bild

Die Belagerung auf dem Berge.

Reinold nahm den verwundeten Ritsart hinter sich aufs Pferd und er und die andern Brüder flohen auf einen nah gelegenen Berg. Derselbe Berg war sehr hoch und steil und ganz aus Marmorstein, und so beschaffen, daß nur immer ein Mann heraufgehn konnte. Von oben warf Reinold nun mit gewaltigen Steinen herunter, so daß Roß und Mann starb und niemand sich dem Berge zu nähern getraute. Graf Calon, der das Heer anführte, sprach mit Ogier, der gerne seinen bedrängten Verwandten beigestanden hätte, wenn er's gewagt hätte, ohne für einen Verräter angesehn zu werden. Er ging dem Berge näher, um mit Reinold Unterhandlungen zu pflegen und ihn zu fragen, ob er sich ergeben wolle, oder noch länger zu fechten gedächte; er rief daher hinauf, daß Reinold mit Steinwürfen innehalten solle, er habe etwas mit ihm zu reden. Als er oben kam, sah er, daß die andern drei Brüder auf ihren Knieen lagen, und Gott um Hülfe anflehten, und daß Reinold nur noch allein wacker sei. Er riet ihnen hierauf, den Berg nicht zu verlassen und ging wieder fort, indem er sie in den Schutz Gottes befahl.

Reinold hatte auf Montalban einen Jüngling zurückgelassen, der die Wissenschaft verstand, in den Sternen des Firmaments bei der Nacht zu lesen; dieser stand oben auf der Burg und sah aus dem Laufe der Gestirne, daß Reinold sich mit seinen Brüdern in der größten Gefahr befinde, und daß er auf einem Berge belagert sei, imgleichen, daß König Ivo ihn um eine große Summe Goldes an Karl verraten habe. Er lief sogleich zu Malegys, um es ihm anzusagen; dieser stand lustig in der Küchen und ordnete ein Abendessen an, weil er glaubte, daß die Brüder noch in dieser Nacht wiederkehren würden. Da Malegys das Unglück hörte, wollte er sich selber erstechen, so sehr war er in Verzweiflung; aber der Jüngling sagte: »Malegys, was sollte Euch das helfen, wenn Ihr Euch umbrächtet? Suchet lieber Eure Vettern zu erretten, und nehmt derohalben Kriegesknechte mit Euch und setzt Euch auch auf das gewaltige Roß Bayart.« Malegys fand den Rat gut, er foderte die Knechte auf und ging in den Stall, um auf Bayart zu steigen. Aber Bayart schlug und biß um sich, wollte niemand aufsteigen lassen, denn allein Reinold;

Malegys aber erwischte einen Prügel, in der Meinung, das Roß mit Gewalt zu bezwingen, aber Bayart setzte sich auf die Hinterbeine und hätte den Malegys fast zerrissen, wenn er nicht schnell zurückgesprungen wäre. Da wurde Malegys betrübt und sagte: »O du schändliches Roß! willst du nun in der Not deinen Herrn Reinold verlassen, der sich in Lebensgefahr befindet?« Kaum hörte Bayart diese Worte, so ließ er sich demütig auf seine Kniee nieder, so stieg Malegys auf und der Zug folgte ihm.

Oben auf dem Berge lagen nun die vier Haimonskinder und waren von einer großen Macht belagert, Ritsart lag schwer verwundet und konnte sich nicht aufrichten. Adelhart und Writsart waren auf ihren Knieen und flehten zum barmherzigen Gott um Rettung und Hülfe, nur der starke Reinold war noch wacker und munter und hielt den Feind von dem steilen Berge zurück, indem er beständig große Felsensteine hinunterwarf. So verging ein Tag und eine lange Nacht und keine Hülfe war sichtbar. Auch der mächtige Reinold wurde schon ermüdet und alle Brüder waren in ihren Herzen tief betrübt, so daß sie endlich beschlossen, sich zu ergeben und zu sterben. Indem gewahrte Reinold in der fernen Morgensonne einen Reiter und verkündigte seinen Brüdern: »Ach, teure Brüder«, rief er aus, »ich erkenne mein Roß Bayart und meinen Vetter Malegys.« – Da erhoben sich Writsart und Adelhart von den Knieen und sahen hin und erkannten ebenfalls das Roß und seinen Reiter. Da wurden sie voll Muts, und jauchzten und dankten Gott dem Herrn. Ritsart, der alles gehört hatte, sagte: »Meine lieben Brüder, ich bin sehr schwer verwundet, daß ich mich nicht durch eigene Kraft auf meine Beine stellen kann, ich bitte euch, ihr wollet mir aufhelfen, damit ich doch auch zu meinem Troste das Roß Bayart gewahr werde.« Da hoben sie ihn auf und hielten ihn brüderlich in ihren Armen, und er sah ebenfalls das Roß Bayart, worauf er sagte: »Ach! mich dünkt, ich bin nun schon ganz gesund und von allen meinen Wunden genesen, seitdem ich dieses gute Roß gesehn.« – Bayart aber machte sehr große Sprünge, um zu seinem Herrn zu kommen, es warf mit einem gewaltigen Stoß den Malegys ab, senkte dann vor Reinold seine Kniee und ließ ihn aufsteigen.

Es entstand ein neues blutiges Gefecht, Reinold brachte den Grafen Calon um, und die Kriegsknechte, die Malegys gebracht hatte, hielten sich sehr tapfer, so daß der Feind endlich die Flucht ergreifen mußte. Die Brüder waren ungemein erfreut und dankten Gott aus tiefem Herzen; aber Reinold schwur: den verräterischen König Ivo mit dem Schwerte hinzurichten. Dieser aber hatte schon Nachricht erhalten, und war in ein Kloster geflohen, dort war er ein Mönch geworden, um seine Sünden abzubüßen.

Als Reinold zurückkam auf Montalban, wollte er erst seine Hausfrau Clarissa nicht ansehn, weil ihr Vater ihn ohne Ursach verraten habe. Aber sie versöhnten sich bald und aßen und tranken, und Reinold gedachte der verlaufnen Taten nicht mehr.

Funfzehntes Bild

Reinolds Kampf mit Roland.

Roland wurde sehr zornig auf König Ivo, daß er nun sein Wort doch nicht gehalten habe, die Brüder auszuliefern; es war ihm lieb, daß sie auf die Art errettet waren, aber er wollte durchaus eine Rache an Ivo nehmen. Er zog daher mit den Genossen vor das Kloster, in welches Ivo geflohen war und hielt es belagert, in der Meinung, Ivo aufzuhängen, sobald er ihn in seiner Gewalt haben würde. Ivo vernahm die traurige Botschaft und schrieb einen überaus kläglichen Brief an Reinold, seinen Schwiegersohn, daß er ihm helfen möchte, weil er sonst eines schmählichen Todes sterben müsse. Reinold wollte sich nichts um den Verräter kümmern. Clarisse, seine Hausfrau, saß mit ihrem jüngsten Söhnlein, das sie Adelhart genannt hatte, grade neben ihm, als dieser klägliche Brief ankam, und sie weinte über das Unglück ihres Vaters so heftig und so von Herzen, daß Reinold dadurch über die Maßen gerührt wurde und sogleich seinen Harnisch anzog, und auf Bayart stieg, um den Verräter zu retten.

Als er vor das Kloster kam, war es schon erobert, und Roland machte eben Anstalt, den König Ivo aufzuhängen. Reinold ritt schnell hinzu, nahm im zornigen Mute seinen Schwiegervater hinter sich aufs Pferd und floh mit ihm davon. Roland verfolgte ihn, weil er seinen Raub nicht fahrenlassen wollte, hatte aber kein so gutes Pferd als Bayart war, deshalb entkam ihm Reinold. Darüber wurde er sehr ergrimmt und schalt Reinold einen Verräter, und die beiden Ritter setzten sich einen Tag fest, um ihre Sache auszukämpfen.

Reinold brachte daher seinen Schwiegervater nach Montalban, und wollte dann bald wieder zurück, weil er mit Roland einen Streit halten müsse. Clarisse weinte sehr, als sie diese Nachricht hörte, denn Roland war ein Mann, der, wenn er gepanzert war, weder von Schwert noch Spieß verwundet werden mochte. Aber Reinold ließ sich nicht irremachen und reiste ab.

Er bezeugte sich erst demütig gegen Roland, weil er sein Vetter war, da aber Roland trotzig war, sagte er: »Ihr müßt nicht etwa glauben, daß ich mich vor Euch fürchte, nein wahrlich nicht, und wenn gleich Eurer fünfe wären«, und zog gleich seinen Harnisch an und stieg auf Bayart. Sie stießen heftig aufeinander und mit solcher Gewalt, daß Roland samt seinem Pferde zu Boden stürzte, welches ihm sonst noch in keinem Kampfe mit keinem Ritter begegnet war. Er erstaunte selber darüber, und raffte sich wieder auf, aber die übrigen Genossen litten es nicht, daß der Kampf fortgesetzt wurde.

So ritt Reinold mit frohem Herzen nach Montalban zurück, und Roland tat eine Wallfahrt zum heiligen Jakob von Compostella.

Sechzehntes Bild

Reinold errettet seinen Bruder Ritsart.

Als Roland von seiner Wallfahrt zurückkam, traf er in einem Walde den Ritsart, der dort jagte. Roland ritt auf ihn zu und sagte, daß er sich gefangen geben müsse. Ritsart wollte sich ihm anfangs widersetzen, aber da ihm Roland versprach, ihn gegen König Karl zu schützen, so ergab er sich in sein Geleit und zog mit ihm nach Paris.

Malegys, der im Walde verborgen war, brachte diese Kundschaft sogleich den Brüdern auf Montalban, sie machten sich bereit, Ritsart zu erlösen; Malegys aber ging nach Paris, um zu sehen, wie es mit Ritsart werden würde.

Malegys kam als ein kranker Pilgrim mit geschwollenem Bein und einem dicken Bauche, dazu in einen rauhen Mantel gehüllt, ganz alt und unansehnlich zu König Karl und begehrte um Gottes Barmherzigkeit willen eine Mahlzeit von ihm. Karl aber schlug ihn derbe mit einem Stecken und sagte: »Ich traue keinem Pilgrim mehr, seit mich Malegys betrogen hat.« Da gebärdete sich Malegys gar kläglich und fing als ein kranker Mann an zu weinen und zu schluchzen, so daß es König Karl wieder gereute, daß er einen heiligen Pilgrim geschlagen hatte, der noch überdies krank war. Er ließ ihn also an einen Tisch niedersetzen und Speise und Trank reichen, dazu bediente er ihn selbst, aus demütiger Reue. Malegys dachte in seinem schalkhaften Sinne: »Ich sollte dir wohl gerne deinen Schlag wieder vergelten«; als ihm daher der König einen so schmackhaften Bissen in den Mund stecken wollte, ergriff er gar behende mit den Zähnen dessen Finger und biß ihn tüchtig. Der König setzte sich vor Schmerzen abseits und sagte: »Du schelmischer Pilgrim, warum tust du mir also? Du hättest mir beinahe den Daumen abgebissen, wenn ich dich hätte gewähren lassen.« – Malegys sagte: »Verzeihen mir Ew. Majestät, ich war so gar sehr hungrig, daß ich nicht recht acht darauf gab, ob es die Speise oder Euer Daumen war, daher geschah es ohne meinen Vorsatz.«

Indem kam Roland mit dem gefangenen Ritsart in den Saal; König Karl war sehr ergrimmt, als er ihn sah, und schwur, ihn sogleich aufhängen zu lassen. Roland aber wollte es nicht zugeben, weil er ihm sicheres Geleit zugesagt hätte; ebenso waren auch die übrigen Genossen dagegen. Der König fragte alle nach der Reihe herum, ob keiner es über sich nehmen wolle, den Ritsart aufzuhängen, aber alle schlugen es ab. Da tat sich einer her, genannt Rype von Rypemont, der sagte, daß er es sich unterstehen wolle, wenn die Genossen ihm alle angeloben wollten, deshalb keine Rache an ihm zu nehmen. Alle sagten es ihm zu, außer Ogier, der unwillig im Saale auf und ab ging. Der König wurde ergrimmt, daß dieser es nicht auch versprechen wollte, gleich den andern; Ritsart sah indes den Malegys in einer Ecke sitzen, er näherte sich dem Ogier und sagte: »Ogier, gebt nur Euer Wort, denn ich sehe dort Malegys sitzen, und so komme ich gewiß nicht an den Galgen.« Ogier gab also auch sein Versprechen, und Karl setzte nun den Tag fest, an welchem Ritsart zu Falkalon sollte aufgehängt werden.

Malegys begab sich indessen in großer Eile nach Montalban zurück, und sagte den Brüdern den Tag an, und daß sie sich rüsten sollten. Sie ritten also aus, und lagerten sich nahe bei in einem Walde, von wo sie den Galgen genau sehen konnten. Sie stiegen ab und setzten sich in das Gras, wo Malegys ihnen die Geschichte erzählte, wie er dem König Karl in Finger gebissen habe, und indem sie noch sprachen, überfiel sie eine Schläfrigkeit, so daß sie alle einschliefen.

Der Zug mit Ritsart kam indessen zum Galgen, und Rype spottete seiner und sagte, daß er nun weiter auf keine Hülfe zu hoffen habe. Ritsart aber schaute sich sehr betrübt nach seinen Brüdern und Malegys und Bayart um, daß sie ihm helfen sollten, und da er keinen von ihnen allen gewahr ward, brach er in Tränen aus und ergab sich in sein Schicksal, denn sie schliefen alle im Walde, außer Bayart, der noch munter war. So mußte nun Ritsart wie ein Verbrecher auf die Leiter steigen, und als er fast oben war, sah ihn Bayart aus dem Walde heraus. Das Pferd fing ein großes Geschrei an und wütete und tobte so lange, bis Reinold aufwachte. Der sagte: »Ei, du böser Schalk, das bin ich an dir ungewohnt«, und wollte es schlagen, aber da sah er seinen Bruder oben beim Galgen und schnell stieg er auf Bayart und weckte die übrigen, und alle rannten mit voller Gewalt aus dem Walde heraus. Reinold schlug unter das Volk, so daß sie flohen oder umkamen, und Ritsart war wieder frei, und Rype ward genommen und an den Galgen gehangen, weil er sich unterstanden hatte, den Ritsart aufzuhängen.

Ritsart war so froh und guten Muts, daß er sich noch die Rüstung des Rype anzog und auf sein Pferd stieg, um sich vom König Karl den versprochenen Lohn auszahlen zu lassen. Reinold mußte lachen, da er seinen Bruder noch so gutes Mutes sah, er folgte ihm von ferne mit Malegys und den übrigen Brüdern.

Karl sah mit Ogier grade aus dem Fenster, als sie in der Ferne einen Ritter über den Plan reiten sahen, den sie für Rype hielten. Karl war sehr erfreut, weil er glaubte, Ritsart sei nun gewiß und wahrhaftig gehangen, aber Ogier ward zornig und ging fort, um ihm entgegenzureiten und mit ihm handgemein zu werden. Karl versammelte seine Ritterschaft, weil er fürchtete, daß Ogier den Rype umbringen würde, ritten ihm also allesamt nach. Aber Ritsart gab sich dem Ogier zu erkennen, als sie zusammen kamen, und der war nun zufrieden. Indem kam König Karl mit seinem Gefolge näher, und lobte den vermeintlichen Rype, daß er sein Versprechen so wacker ausgeführt habe. Darüber wurde Ritsart zornig und sagte: »Ich bin nicht Rype, der hängt am Galgen, sondern Ritsart!« und rennte mit seinem Speer auf Karl zu und gab ihm einen guten Stoß auf die Brust. Darüber wurde ein Gefecht und Reinold kam mit seinem Gefolge heran und alle wurden miteinander handgemein. Reinold sprang von Bayart und ergriff König Karl und warf ihn hinter sich aufs Pferd, in der Meinung, ihn mit sich nach Montalban zu nehmen. Als die übrigen sahen, daß König Karl gefangen war, setzten sie dem flüchtigen Bayart nach und das Gefecht ward noch hitziger; Reinold aber sah zurück und sah, daß seine Brüder mitten unter den Feinden kämpften, er warf daher den König Karl wieder von sich, so daß er weit ins Feld hinein flog, und meinte, das Herz im Leibe wäre ihm gesprungen; und so ritt Reinold wieder unter die Feinde und focht tüchtig, bis er seine Brüder salviert hatte. Dann ritten sie alle nach Montalban.

Siebzehntes Bild

Kunststück des Malegys.

Olivier war einst auf der Jagd und stand mit seinem Pferde auf einem hohen Berge. Da sah er unten nach dem Fluß hinunter und gewahrte einen Mann, der am Berge herumkroch, und Kräuter zu suchen schien; er gedachte gleich daran, daß es wohl Malegys sein könnte, ritt also hinunter und sagte ihm, daß er sich gefangen geben sollte. Malegys setzte sich zur Wehre, aber Olivier schlug ihm das Schwert aus der Hand, und so mußte jener sich gefangen geben und dem Olivier nach Paris folgen, zornig zwar, aber doch nachgebend.

König Karl freute sich sehr, daß Malegys in seiner Gewalt sei, er wollte ihn sogleich aufhängen lassen, aber Malegys sagte: »Lasset mich noch bis morgen leben, das ist nicht lange, und mir ist es lieber.« »Das glaub ich«, antwortete Karl, »du denkst vielleicht mir zu entwischen, aber diesmal soll es dir nicht gelingen, deshalb kann ich dich wohl bis morgen leben lassen, dann aber sollst du dafür gestraft werden, daß du mir neulich beinahe den Daumen abgebissen hättest.« – »Wenn ich morgen hänge«, antwortete Malegys, »so werd ich nun wohl Ew. Majestät nicht mehr beißen.« »Das denk ich auch«, antwortete der König.

Es wurde zur Tafel geblasen und die Genossen saßen paarweise an kleinen Tischen; der König aber speiste allein; worauf Malegys sagte: »Für alle diese Herren ist gedeckt, außer für mich nicht, ich denke, ich setze mich zu Ew. Majestät, so machen wir auch ein Paar.« – »Du böser Schalk«, antwortete Karl, »darfst du noch so lose Reden führen, ich dächte, dir sollte die Lustigkeit wohl vergehn, da du morgen sterben mußt.« Aber die Reden des Malegys gefielen dem Roland, und er ließ den Malegys neben sich niedersetzen und sie aßen und tranken miteinander. Malegys wurde immer lustiger und sang einige Lieder, worüber sich alle verwundern mußten, da er so bald sterben sollte. Aber Malegys trank immer fleißiger, und sang:

> »Sollt' ich denn fröhlich nicht sein?
> Schmeckt mir doch Essen und Wein,
> Morgen ist lange nicht heut,

Sterben hat doch seine Zeit,
Jedermann tut es ja leid,
Stirbt doch auch mancher noch heut.«

Der König sagte: »Du denkst dich wohl vielleicht vom Galgen loszusingen, aber darin sollst du dich verrechnen«, und sogleich ließ er ihn in einen festen Kerker führen und in Ketten legen und viel Eisen an die Füße binden, damit er durchaus nicht entlaufen könne. »Gebt Ihr mich frei?« sagte Malegys; »gewiß nicht«, antwortete der König. »Nun, so gebt nur gut auf mich acht«, redete darauf der Schalk, »denn um Mitternacht denke ich Euch zu entlaufen.« »Damit wird es nun wohl keine Not haben«, sagte der König und ließ die festen eisernen Türen doppelt zuschließen, und die Genossen mußten mit bloßen Schwertern die Nacht hindurch vor dem Gefängnisse Wache halten; meinte der König, er solle ihm nun gewiß nicht entrinnen.

Aber um Mitternacht schüttelte Malegys die Schlösser von sich und die Eisen fielen ihm von den Füßen; darauf machte er durch seine Kunst die Schlösser und die eisernen Türen auf und machte, daß die Genossen in einen festen Schlaf fielen und einer über dem andern lag. Worauf er ihre Schwerter und vieles kostbares Geräte mit sich nahm und so schwer beladen nach Montalban eilte. Reinold war sehr erfreut, daß er die zwölf kostbarsten Schwerter in seiner Gewalt habe.

Am Morgen wollte König Karl den Malegys zum Tode führen lassen, stand deshalb ziemlich früh auf. Da fand er die Genossen schlafend, wie einer über dem andern lag, auch waren ihnen die Schwerter gestohlen und alle Türen offen, und kein Malegys im Kerker, aber die Ketten und das Eisen war drin geblieben, worauf König Karl sehr erbost wurde und einen Eid tat, er wolle Montalban belagern und mit eigner Hand die Schwerter erobern.

Achtzehntes Bild

Montalban belagert; Frau Aja schließt einen Frieden.

König Karl brachte nun eine große Macht zusammen und zog mit allen seinen Genossen vor Montalban und hielt es belagert. Roland mußte hineingehn und die Festung auffodern, daß sie sich auf Gnade und Ungnade ergeben solle; aber Reinold wollte das nicht tun, sich aber ergeben, wenn König Karl ihm Verzeihung und Sicherheit verspräche. Das aber wollte König Karl wieder nicht eingehn, und so dauerte der Krieg wieder einige Jahre hintereinander, und ward auf eine blutige Art fortgeführt, so daß auf beiden Seiten viele Leute tot blieben.

In einer Schlacht stach Reinold den König vom Pferde und hätte ihn gefangengenommen, wenn ihn die Genossen nicht errettet hätten; aber an demselben Tage wurde Malegys entwaffnet, und für einen Gefangenen in das Lager des Feindes geführt. Der König wollte ihn am folgenden Morgen hinrichten lassen.

In der Nacht aber brauchte Malegys seine Kunst und ging vor das Bett des Königs und sagte zu ihm: »Ew. Majestät, Reinold hat gebeten, daß wir beide zu ihm kommen sollen.« Der König war bezaubert und antwortete: »Schon gut, ich wünsche nur, wir wären erst unterwegs.« Darauf nahm Malegys den schlafenden König auf seine Schultern und trug ihn so gen Montalban. Dort legten ihn die Brüder in ein köstliches Bette und warteten dann, bis er aufwachen würde.

Der König war sehr verwundert und erschrak heftig, als er alle seine Feinde um sein Bette stehen sah. Reinold redete ihn an, er möchte ihm verzeihen und er wollte ihn sogleich freilassen und ihm mit seinen Brüdern dienen. Aber König Karl wollte nicht nachgeben, so viel gute Worte ihm auch Reinold gab, worüber Ritsart ergrimmte und sein Schwert zog, und den König umbringen wollte; aber Reinold hielt ihn zurück und sagte: »Das sei ferne von dir, Bruder, daß du unsern König umbringen solltest.« Alle Brüder baten drauf und auch Malegys; aber Karl bestand auf seinem stolzen Sinn, daß sie sich ihm alle auf Gnade und Ungnade ergeben sollten. So viel wollte aber Reinold dem Könige auch nicht trauen, er ließ ihn daher frei in sein Lager zurück, aber der Krieg ward immer noch mit großer Wut fortgesetzt, obgleich alle Genossen, insonderheit der Bischof Turpin, für Reinold baten.

Das Schloß Montalban war so fest, daß es der Feind durchaus nicht einnehmen konnte, aber der Proviant war den Belagerten gänzlich zu Ende gegangen, so daß sie in die größte Not gerieten. Alle übrigen Pferde waren schon verzehrt, Reinold war in der größten Verzweiflung und rief: »Nun muß Bayart sterben.« Er ging mit einem Messer in den Stall, um das Roß totzustechen; aber sein Bruder Adelhart folgte ihm und hielt ihn zurück und bat für das treue Roß. Bayart selbst fiel demütig auf seine Kniee, als wenn er um sein Leben bitten wollte. Darüber wurde Reinold sehr gerührt, so daß er weinte und ließ dem Bayart Gnade widerfahren.

Turpin hörte von dem großen Mangel, der in der Festung herrschte und wurde sehr darüber betrübt, daß seine Verwandten solche Not leiden sollten. Er vermochte daher den Roland dahin, daß er beim nächsten Angriff sich die Ehre ausbat den Vortrab anzuführen, und als das geschah, schaffte er den Brüdern wieder eine große Menge Proviants in die Festung. So bekam auch Bayart wieder viel Futter und wurde wieder so stark als er nur je gewesen war.

Aber Reinold sah ein, daß er sich am Ende nicht gut auf Montalban würde halten können, weil der Proviant immer schnell verzehrt war; er beschloß daher, sich mit seinen Brüdern nach seiner Burg Ardane zu begeben, weil er sich dort besser schirmen könne. Er ließ also Bayart zu einer heimlichen Pforte hinausbringen; dort stiegen alle Brüder auf und ritten schnell nach Ardane. Malegys begab sich auf sein festes Kastell.

Als König Karl diese Nachricht gehört hatte, zog er mit seiner Macht vor Ardane und hielt es belagert, denn es war sein ernstlicher Wille, die Brüder in seine Gewalt zu bekommen. Der Streit wurde heftig fortgesetzt und es blieb viel Volk und viele Ritter. Am Ende kam Reinold auch hier in sehr bedrängte Umstände und er sah ein, daß er sich mit der Zeit würde ergeben müssen.

Aber seine Mutter Frau Aja kam mit einem großen Gefolge in das Lager ihres Bruders, Königs Karl, um für ihre Söhne zu bitten. Sie ließ sich vor ihm auf die Kniee nieder und weinte heftig und bat um das Leben ihrer Kinder, und daß er sich möchte rühren lassen. König Karl hatte seine Schwester in so langer Zeit nicht gesehn, dazu so rührte ihn ihr Knien und ihre bitterlichen Tränen, so daß er ihr versprach, einen guten Frieden zu machen und alles zu vergessen, wenn die Söhne ihm das Roß Bayart in die Hände liefern wollten, damit zu schalten wie er Lust hätte, weil es ihm gar zu großen Schaden getan habe. Frau Aja war von Herzen froh und ging sogleich in die Festung zu ihren Kindern, ihnen die Botschaft anzusagen. Adelhart setzte sich dagegen, daß man das Roß ausliefern sollte; aber Reinold sagte: »Wir wollen es tun, lieben Brüder, wir mögen vielleicht für das Roß auch Gnade erlangen.«

Und so war denn nach einem langen Kriege der Friede geschlossen.

Neunzehntes Bild

Das Roß Bayart wird ertränkt.

Die Brüder fielen im Beisein ihrer Mutter dem Könige zu Fuße, er hob sie gnädig auf und alle waren sehr erfreut, besonders ihre Mutter Aja. Hierauf nahm Reinold das Roß Bayart und gab es in die Hände Karls. Der König ließ ihm sogleich zwei Mühlsteine an den Hals binden, und es, wie er gelobt hatte, von der großen Brücke ins Wasser stürzen. Bayart sank unter, kam aber bald wieder in die Höhe und sah nach seinem Herrn Reinold; dann arbeitete er sich mit Schwimmen ans Ufer, schlug die Mühlsteine von sich und ging zu Reinold und liebkosete ihm. Der König sagte: »Reinold, gebt mir das Roß zurück«; Reinold nahm es, und gab es dem Könige, der ließ ihm zwei Mühlsteine an den Hals henken und an jedem Fuße einen und so wurde es von neuem in das Wasser geworfen. Es sank wieder unter, kam aber bald wieder oben, sah Reinold an, stieg ans Ufer und schlug alle Steine von sich, so daß sich alle über die Stärke Bayarts verwundern mußten. Bayart stand wieder bei Reinold und liebkoste ihm, wie zuvor, wodurch Reinold sehr gerührt war. Adelhart sagte: »Bruder, verflucht mußt du sein, wenn du das Roß wieder aus deiner Hand gibst! O Bayart, wird dir nun so gelohnt, daß du deinen Herrn und uns alle so oft errettet hast?« Aber Reinold sagte: »Brüder, sollt ich um des Rosses willen die Gunst des Königs verscherzen?« nahm Bayart wieder und übergab ihn dem Könige mit den Worten – »Wenn das Roß noch einmal wiederkömmt, kann ich es Ew. Majestät nicht wieder fangen, denn es geht meinem Herzen gar zu nahe.« Da wurden dem Bayart wieder zwei Mühlsteine an den Hals gebunden und an jedem Fuß zwei, und er wurde zum drittenmal von der Brücke hinuntergestürzt. Reinold aber mußte fortgehn, damit ihn das Roß nicht wieder sähe und dadurch neue Kraft bekäme. Bayart blieb diesmal länger unter Wasser, dann kam er aber doch wieder mit dem Kopfe hervor und streckte ihn weit von sich, weil er seinen Herrn Reinold suchte; da er ihn aber nirgends gewahr werden konnte, verließen ihn nach und nach die Kräfte, er sank unter und kam nicht wieder ans Tageslicht.

Alle Brüder weinten und Reinold war im innersten Herzen betrübt; er verschwor es, zeit seines Lebens wieder Sporen an den

Füßen zu tragen, oder ein ander Pferd zu besteigen, zugleich wollte er das ganze Ritterleben aufgeben. Die Brüder blieben bei Hofe, er aber ging nach Montalban, wo er seiner Hausfrauen Clarisse den Tod Bayarts erzählte; sie fiel in Ohnmacht, als sie diese Nachricht hörte, wurde aber dadurch wieder etwas getröstet, daß die Brüder nun völlig mit König Karl ausgesöhnt wären. Hierauf schlug Reinold seinen ältesten Sohn Emmrich zum Ritter und gab ihm die Veste Montalban, auch den übrigen Söhnen schenkte er Land und Leute, dann küßte er sie alle nach der Reihe und verließ sie in der dunkeln Nacht.

Zwanzigstes Bild

Reinold ein Eremit.

Reinold empfand die Eitelkeit alles menschlichen Treibens, begab sich deshalb in einen abgelegenen wilden Wald, weil ihm die ganze Welt nunmehr zuwider war. Da traf er einen Einsiedler, von dem lernte er das eremitische Leben und brachte so seine Zeit mit frommen Gebeten und stillen Betrachtungen zu. Allenthalben ließ man Reinold suchen, man fand ihn aber nirgends, bis er nach einigen Jahren wieder freiwillig hervorkam, weil er gern seinen Vater Haimon sehn wollte und seine Mutter, Brüder und Kinder, in Summa, die Seinigen, die ihm teuer waren. Dann ging er wieder in seinen Wald zurück und führte sein stilles Leben weiter und tat Buße für die mannigfaltigen Sünden, die er jemals im Laufe seines Lebens begangen hatte. Dann lebte er noch lange in der Einsamkeit und kam aus seinem Walde in die Welt, um seine Freunde zu sehn, und nach vielen Jahren starb er als ein frommer Waldbruder, als Roland schon bei Ronceval gefallen war und Karl gestorben und sein Vater tot, und viele der Helden sich zerstreut und verloren hatten.

Und hier endigt sich die Historie von Reinold und den übrigen Haimonskindern.

Über tredition

Eigenes Buch veröffentlichen

tredition wurde 2006 in Hamburg gegründet und hat seither mehrere tausend Buchtitel veröffentlicht. Autoren veröffentlichen in wenigen leichten Schritten gedruckte Bücher, e-Books und audio-Books. tredition hat das Ziel, die beste und fairste Veröffentlichungsmöglichkeit für Autoren zu bieten.

tredition wurde mit der Erkenntnis gegründet, dass nur etwa jedes 200. bei Verlagen eingereichte Manuskript veröffentlicht wird. Dabei hat jedes Buch seinen Markt, also seine Leser. tredition sorgt dafür, dass für jedes Buch die Leserschaft auch erreicht wird.

Im einzigartigen Literatur-Netzwerk von tredition bieten zahlreiche Literatur-Partner (das sind Lektoren, Übersetzer, Hörbuchsprecher und Illustratoren) ihre Dienstleistung an, um Manuskripte zu verbessern oder die Vielfalt zu erhöhen. Autoren vereinbaren direkt mit den Literatur-Partnern die Konditionen ihrer Zusammenarbeit und partizipieren gemeinsam am Erfolg des Buches.

Das gesamte Verlagsprogramm von tredition ist bei allen stationären Buchhandlungen und Online-Buchhändlern wie z. B. Amazon erhältlich. e-Books stehen bei den führenden Online-Portalen (z. B. iBookstore von Apple oder Kindle von Amazon) zum Verkauf.

Einfach leicht ein Buch veröffentlichen: **www.tredition.de**

Eigene Buchreihe oder eigenen Verlag gründen

Seit 2009 bietet tredition sein Verlagskonzept auch als sogenanntes "White-Label" an. Das bedeutet, dass andere Unternehmen, Institutionen und Personen risikofrei und unkompliziert selbst zum Herausgeber von Büchern und Buchreihen unter eigener Marke werden können. tredition übernimmt dabei das komplette Herstellungs- und Distributionsrisiko.

Zahlreiche Zeitschriften-, Zeitungs- und Buchverlage, Universitäten, Forschungseinrichtungen u.v.m. nutzen diese Dienstleistung von tredition, um unter eigener Marke ohne Risiko Bücher zu verlegen.

Alle Informationen im Internet: **www.tredition.de/fuer-verlage**

tredition wurde mit mehreren Innovationspreisen ausgezeichnet, u. a. mit dem Webfuture Award und dem Innovationspreis der Buch Digitale.

tredition ist Mitglied im Börsenverein des Deutschen Buchhandels.

Dieses Werk elektronisch lesen

Dieses Werk ist Teil der Gutenberg-DE Edition DVD. Diese enthält das komplette Archiv des Projekt Gutenberg-DE. Die DVD ist im Internet erhältlich auf **http://gutenbergshop.abc.de**

Zeitfracht Medien GmbH
Ferdinand-Jühlke-Straße 7
99095 Erfurt, Deutschland
produktsicherheit@kolibri360.de